KB118470

대답이고 부탁인 말
이현승 시집

문학동네시인선 160 이현승

대답이고 부탁인 말

시인의 말

최선을 다했지만 결과적으로 최악을 피했을 뿐이라고
철 지난 선거 같은 것을 두고 누군가 말한다면
그는 최소한 시급한 변화가 필요한 사람일 것이다.
삶은 문제 해결의 과정이고 우리의 선택은 여전히
차선과 차악 사이에서 더 오래 머뭇거리고 있지만,

이 분명한 없음과 분별하기 힘든 있음들 사이에서

그리하여 자신이 누구인지 찾고 있는 사람은
삼나무 숲에서 삼나무를 찾고 있는 사람과 같다.
삼나무 숲에 들어섰으니 삼나무는 찾은 것이나 진배없다
고 안심하겠지만
눈앞에 두고 찾지 못하는 맹목이 가장 어둡다.
물론 나는 수 년 전 어느 밤 혜화역에서 택시를 잡아탄 취
객이
"대학로 갑시다"라고 큰 소리로 말한 것을 기억한다.
우리는 모두 진심으로 그의 행선지가 궁금했지만

낫 굿 낫 뱃,
좋지도 나쁘지도 않은 삶은
좋았다가 나빴다가 하는 삶이지만
뜻한 바대로만 되지 않는 삶이라서
이미 읽은 전단지를 한나절 내내 뒤집어 읽는 공터의 바

람처럼
  필사적이고 간절한 기도가 더 빤하고 평범하기 쉽다.

  마찬가지 이유에서 너무나 완벽한 있음은 거의 없음과
같다.
  너무 화가 날 때는 도리어 웃음이 나고
  안하무인에게는 더 엄중한 경어체로 말하게 되지만
  간절한 일 분이 평범한 일 분으로 김빠질 때가
  영원에 대해 생각하는 시간이었고, 우리가 더욱 유연해져
야 할 시간이었다.

  내가 겪어보지 못한 아픔에게는 더 벼려진 말보다는
  흘려듣기 좋은 말이 필요했다.

  2021년 9월
  이현승

조금씩 어긋나는 대화가 좋다.
다 이해할 수 없어서 존중하게 되니까.

차례

시인의 말   004

1부 그럴수록 되물을 수밖에 없다

가로등을 끄는 사람   014
Bird View 3   015
리모컨이란 무엇인가   016
호밀밭의 파수꾼   018
돌멩이,   020
질문으로서의 은유
플랜 B   022
부자는 천국에 들어가기 어려워   023
사물의 깊이를 어떻게 만들어낼 것인가   024
자각 증상   026
DEUS BENEDICAT TIBI CUNCTIS DIEBUS   028
천국의 문   029
아이 러브 사커   030
얼음잠을 자고   032
물구경   034
꽃 시절—민정에게   035

2부 우리는 모두 실패한 적이 있지만,

호모 사케르 038

외로운 사람은 외롭게 하는 사람이다 040

4월 042

펜 뚜껑 043

살인광 시대 044

스포일러 046

은유로서의 질병 048

자서전엔 있지만 일상엔 없는 인생 050

미식가들 052

불운의 달인 054

문득 뿔은 초식동물의 것이라는 생각 056

시인의 죽음 2 058

질문 있는 사람 060

죄인 062

정오 063

3부 자두를 골라내면서

거기서 거기인 토마토　　　　　　　066

질문자 유의사항 2　　　　　　　　068

셋 중 하나　　　　　　　　　　　069

바닥이라는 말　　　　　　　　　　070

처용　　　　　　　　　　　　　　072

처용 2　　　　　　　　　　　　　074

슬리퍼　　　　　　　　　　　　　076

호두의 힘　　　　　　　　　　　078

웃는 꽃밭　　　　　　　　　　　080

노래하는 딸기　　　　　　　　　082

까다로운 주체 2　　　　　　　　083

김종삼 생각　　　　　　　　　　084

귀신도 살고 사람도 살고　　　　　086

마이닝 크래프트　　　　　　　　088

Bird View　　　　　　　　　　090

심봉사 팥도너츠　　　　　　　　092

4부 안녕이 되고 싶어

영월 혹은 인제   096
지나친 사람 2   097
회복이라는 말   098
Bird View 2   100
고드름   101
일인칭 극장   102
위험한 독서   104
少年易老   106
텅 빈 악수   109
생일 소원—생일을 맞은 이태민으로부터   110
다정다감   112
중요한 일   113

해설|외로움으로 무엇을 할 것인가   115
     |오연경(문학평론가)

1부

그럴수록 되물을 수밖에 없다

가로등 끄는 사람

새벽 다섯시는 외로움과 피곤 중 하나를 선택해야 하는
시간
외로워서 냉장고를 열거나
관 속 같은 잠으로 다이빙을 해야 한다.

만약 외로운데 피곤하거나
피곤하지도 외롭지도 않다면 우리는
산책로의 가로등들이 동시에 꺼지는 것을 보거나
갑작스레 시끄럽게 울어대는 새소리를 듣게 될 것이다.

잠시 뒤엔 불 꺼져 깜깜한 길을 힘차게 걸어가는 암 환자
가 보일 것이다.
구석으로 숨어든 어둠의 끄트머리를 할퀴는 고양이 소리
가 들려올 것이다.

외로움과 피곤과 배고픔과 살고 싶음이 집약된,
더는 아무것도 이룰 수 없는 열정으로 고양된 새벽,
죽고 싶지만 죽을 수 없는 열정으로 살아 있는 다섯시
저기 어디 가로등을 끄는 사람이 있다.
고요히 다섯시의 눈을 감기는 사람이 있다.

Bird View 3

이삿집 세간이 사다리차에 실려 내려가는 걸 본다.
들것에 실려가는 응급환자의 흔들리는 팔처럼
누운 자세엔 어떤 불구적인 이미지가 있다.

가구와 가전이 속절없이 흔들리며 내려간다.
누워 있는 것들을 보는 마음은 불편하고
내려다볼 때 더욱 완연하다.

팔과 머리가 차도를 침범한 채
누워 있는 취객을 보고 지나던 사람들이 질겁한다.
마취가 덜 깨어 나를 못 알아보던 어머니를
내려다보면서 갖게 되는 죄책감

나무를 쓰러뜨린 것은 나였지.
내가 생가지를 꺾었다.

비워진 집을 두고 떠나오면서
창밖 무언가를 골똘히 바라보는 아이의 뒷모습에도
나는 자꾸 마음이 다치고 졸여진다.
새들의 눈엔 표정이 없다.
빈 둥지 같다.

리모컨이란 무엇인가

나무처럼 운동력이 없는 것들은
나비나 벌을 불러들여 수분을 하지만
발 없는 말은, 발이 없어서 천리도 간다.

리모컨은 제가 어디에 있는지를 모르고
리모컨을 옮긴 사람도 거기가 어딘지를 모르고
심지어는 마지막으로 리모컨을 만진 사람이 누구인지를
모른다면

고양이처럼 발꿈치를 들고 걸어도
이미 모든 걸 알고 있는 아래층에 물어야 할까?

사람의 당황한 얼굴은
혼나는 아이의 얼굴빛이고
시치미를 떼고 돌아앉은 아빠의 뒤통수처럼 미심쩍고
죄다 모른다는 사람의 귀에 대고 탐문하는 입술처럼 뾰
로통하다.

늦도록 집에 들어오지 않은 식구처럼
기다리는 일을 포기해도 잠은 안 되고
불편이 불가능은 아니지만
내내 불가능은 불편하다.
찾는 일을 포기하도록 내버려두지 않는다.

냉장고, 쌀통 속, 정수기 위, 옷장 속처럼 기발한 어딘가,

리모컨이 어디에 있는지는 어쩌면 아랫집에서 알고 있을
지도 모르지만

리모컨은 모든 것을 가능하게 하는 단 하나의 불가능이다.

호밀밭의 파수꾼

조각 이불 같은 햇볕을 덮고 자던 개가
갑자기 깨어 허공을 향해 컹컹 짖는다.
애를 재우고 나오다가 깬 아이를 다시 다독이듯
개집을 빠져나오던 햇볕이 개를 토닥인다.
두어 번 짖고 두리번거리다가 개는
모은 두 발 위에 턱을 고이고 다시 잔다.
이따금씩 귀만 쫑긋 일어났다가 다시 잔다.

꿈에 아버지의 목소리를 들은 적 있다.
귀에 대고 현승아, 아버지는 영락없었다.
세 음절 목소리가 너무 선명해
벌떡 일어나 앉고 보니 오히려 멍했다.

나는 불행의 맛을 알지만
불안의 냄새는 더 정확하게 알고 있다.
확신이 필요한 사람들은
손톱을 물어뜯거나
겨드랑이나 사타구니에 손을 넣었다 빼 냄새를 맡아본다.

개를 깨운 것은 냄새였을까 소리였을까.
벗은 양말을 코로 가져가는 사람처럼
심증은 있지만 확증이 없는 자들은 자꾸만 킁킁거린다.
허공의 팔뚝엔 아직 개 이빨 자국이 선명한데

코끝으로 어디선가 시큰한 불안의 냄새가 스멀스멀 흘러 ―
든다.

돌멩이,
질문으로서의 은유

존재는 질문한다
다섯 살 된 놈이 십 년 전 내 사진을 보면서
자기는 어디에 있느냐고 물을 때
네가 찾는 빵이 내 입에라도 든 양 우물거렸는데
존재는 질문이 재밌다. 다그치듯.
이런 걸 내용에 대한 형식의 우위라고 하고
존재는 물기 먹은 조약돌처럼 반짝,
제게도 뭘 물어봐줬으면 싶은 것도 같다.

존재는 화가 난다
바보들은 벌써부터 행복하고
침이 자꾸만 넘치는 것은 잠이 가득 담겨서인데
바보한테 바보라고 놀리면 어찌되던가.
존재는 화가 나서 성난 고릴라처럼 달려든다.
그런데 진짜 그렇게 생각하는 건 아니라서
화난 척하는 거다. 진짜다.

울고 싶은 사람의 뺨을 치면 존재는 울 수가 없다
어째서 비분강개는 참혹으로부터 시작되는가.
죽고 싶다는 느낌은 죽이고 싶다는 느낌인 걸까.
남을 때리는 인간들은 왜 친해지고 싶어서 그랬다고 하
는 걸까.
그러면 더 많은 사람들이 친해지고 싶어할 텐데?

아비 없는 아이에게 호로자식이라고 하면
그건 제 자식에게 개새끼라고 하거나
제 아비에게 씨발놈이라고 한 거나 같다.
아침의 단내가 밤새 끓인 제 침냄새이듯
울고 싶은 사람의 뺨을 치면 존재는 울 수가 없다.

— 건물주가 되고 싶은 게 그렇게 잘못인가요?
꿈도 없는 게 더 문제라면서요?
이런 건 꿈도 안 되나요?
인생에는 공짜가 없다거나
실패가 없으면 배우는 것도 없다는 식의
충고라면 사양하고 싶어요.
충고가 고충이에요.
건물주의 인생은 뭐 쉬울 것 같냐고 하시지만
고층 빌딩이어도 좋으니 건물주가 되고 싶어요.
요즘 애들 진짜 문제라지만
진짜 문제를 갖고 싶어요.
내 문제, 나만의 문제, 진짜 진짜 내 문제.
그도 아니면 요즘 애들이라도 되어보고 싶어요.
문젯거리라도 좋으니
우선 존재는 하고 싶어요.
빚 없는 거지 같은 거 말고요,
빚이라도 좋으니 있어야 할 이유가 있는 거요.
존재하는 게 뭐냐고요?

간밤에 폭설이 내렸는데
빈 나뭇가지 위에 눈이 높게 쌓여 있었어요.
그토록 가느다란 가지 위에도 높게 눈이 쌓일 수 있다니

—

부자는 천국에 들어가기 어려워

극빈이 스케일로 오해되는 순간이 있다.
힘없는 사람들이 권세에 연연하지 않는다거나
가난한 사람들이 황금을 돌 보듯 한다면

우리는 낮은 연봉에는 불만이 없지만
우리에 대한 대우가 그렇다는 사실에 화가 나고
공익성이라는 말의 뜻을 내 몫은 얼만가로 이해하는 당
신 앞에서
화딱지가 그것도 미역처럼 끝도 없이 올라오지만

극빈이 스케일이 되는 순간이 있다.
곗돈 떼인 박씨가 한바탕 울화를 쏟아내고는
꼭 그 인간이 오죽했으면 그랬겠냐고
그 인간이 그래도 우리집 큰놈 낳을 적에
미역에 소고기 끊어 왔던 사람이라고 두둔할 때

성자들이 청빈의 접시 위에 말씀으로 영혼을 살쩌우듯
없이 살아와서 가지는 것의 짐스러움을 멀리한다거나
요강이나 재떨이도 영물처럼 여기는 마음일 때가 그럴
때다.
천국은 가난한 사람들에게 양보해도 좋겠다.

사물의 깊이를 어떻게 만들어낼 것인가

이기는 데는 우연한 승리가 있지만
지는 데는 우연한 패배가 없다는 말은
노무라 가쓰야* 감독의 것이다.
그건 실패로부터 철저히 배우라는 뜻이고
실패가 그만큼 더 가까운 스승이라는 뜻도 된다.

가령, 죽을힘으로 뛰었으나 눈앞에서 전철을 놓쳤고
약속시간은 15분 후인데 배차간격은 30분일 때,
걷어낸다는 게 자책골을 넣은 수비수처럼
열차를 놓치기 위해 전력질주한 다리는 아직 후들거리는데

지연이 만드는 지연 위에서
실패가 낳는 실패 속에서
지연에게 배우는 지연
실패에게 배우는 실패로
15분에게 15분은 잔혹하고 골똘하다.

더러 사소한 불운이 평범한 아름다움을 일깨우기도 한다.
얼이 빠진 철로 위로 가뿐하게 내려앉는 참새들
참새들이 노는 철로 위로 파랗게 열린 맑은 하늘
자꾸만 어디서 타는 냄새가 나는 거 같다.

* 노무라 가쓰야(1935~2020). 일본 프로야구 선수. 감독. 칼럼니
스트.

자각 증상

가장 뼈아픈 후회는
할 수 있었는데 하지 않은 것
이 년 전에 혹은 사 년 전에 혹은 그보다도 더 전에
그들은 영혼까지 끌어모아 집을 샀어야 했다.
하지만 결국 그러지 않았지.
그게 후회의 내용이 될 수 있을까?
혹자는 말하지.
할 수 있었지만 안 한 것, 그게 바로 못한 것이다.
마지막일 수도 있다는 걸 알지만 우리는 또 몰랐지.
따뜻한 말 한 마디, 악수라도 건넬걸,도 아니고
집을 안 산 것, 아니 못 산 것
그런 게 정말 후회가 될 수 있을까?
그땐 그래도 집이, 끌어모을 영혼처럼 손에 잡힐 것 같았
는데
지금은 집도 없고, 영혼은 도대체가 보이지 않을 만큼
뿌연 미세먼지와 스모그 사이로
좋아했던 사람들은 하나둘 떠나고
어느 날 툭 통증이 하늘에서 떨어졌다.
죽을 만큼 아픈 건 아니지만
내내 신경이 쓰이고 거슬리고 괴로운,
약도 없고 원인도 모르는 해괴한 병 아닌 병들.
통증으로만 존재하는 병들은 일종의 경고 같다.
꼼짝없이 서서 뒤돌아보게 만드는 경고.

그래서 생각해본다.

집을 사는 것보다 골몰했던 영혼을 쏟아부었던 일들.

할 수 있었지만 하지 못한 것, 그건 안 한 것이기도 했다.

아직 사십대인데, 오십견이라니.

어깨가 아프니 손이 올라가지 않고

아픈 어깨를 주무르다 생각하니

그때 손이라도 잡아줄걸 지금은 없는 사람을 두고

제 손이나 주무르고 앉아 있다.

DEUS BENEDICAT TIBI CUNCTIS DIEBUS*

외출이 내키지 않았는데 약속이 취소되었다.
발열과 기침 같은 자각 증상이 없는데
사회적 거리두기와 자가 격리가 유지되는 삶

이 시원섭섭한 시대에는
유튜브로 생중계되는 결혼식이 있었고
알카에다처럼 마스크를 쓴 하객들이
신랑과 신부를 향해 박수를 보내는
인질극 같은 결혼식도 있었다.

삼십사만 명을 죽이고 얻은**
맑은 공기와 고요한 삶

소매치기가 감쪽같은 솜씨로 안주머니를 털듯
인간들이 웅성웅성 두리번거리는 사이에
벚꽃이 있던 자리엔 버찌가 매달려 있다.
그 아래로 간밤에 유령들이 남겨놓고 간 술병 가지런하다.

* 신이 언제나 그대를 축복하기를.
** 2020년 5월 기준 전 세계 코로나19 사망자 수.

천국의 문

노동에 대한 나의 관점은 천국에서는 뭘 하면서 지내느냐는 큰아이의 질문 때문에 확고해졌다. 제 고모에게 예수의 일생을 듣고는 큰딸이 물었다. 그런데요, 그래서 예수님은 하늘나라에서 뭘 하세요? 그러자 고모는 쉬시지, 천국은 고통이 없이 편안하고 즐거운 곳이야, 라고 말했다. 뭔가 흥미로운 것을 더 하고 싶은 아이와 무엇이든 그것으로부터 좀 쉬고 싶은 고모의 사이에서 예수님은 지금 한껏 행복한 표정으로 그러나 아무것도 하지 않은 채 앉아 있었다. 죄를 대신 진다는 것부터 계속 궁금했지만 당장에는 아무것도 하지 않았는데 쉬고만 있는 천국이 벌써부터 지루해지려고 하는 참이었다. 보고 믿는 것이 아니라 믿으면 보이는 것이 천국이라지만, 예수님 이야기를 엿듣다가 뜻하지 않게 아이와 고모가 원하는 것을 깨닫게 되어버렸지만, 나는 천국에는 고통이 없다는 말씀보다 천국에는 아이만이 들어갈 수 있다는 말씀에 더 수긍이 간다. 천국은 무엇이든 할 수 있는 곳일 것이다. 그럴 것이다. 하지만 상상이 잘 안 된다. 사람을 죽이거나, 물건을 훔치는 일이 제일 즐거운 사람들이 있을 텐데, 천국은 죽임을 당하는 것을 원하는 사람들과 물건을 도둑맞고 싶은 사람들을 나란히 맞춰놓고 우리를 기다리고 있는 것일까? 지옥으로 출근해서 천국으로 퇴근하는 사람들이 뒤늦은 귀가를 서두르는 밤, 알겠다는 건지 모르겠다는 건지 하늘 한쪽은 하현에서 그믐으로 갸웃하다.

아이 러브 사커

축구선수가 축구만 잘한다고 되는 게 아니라면
떠오르는 사람이 없는 것은 아니지만
그럴수록 되물을 수밖에 없다. 축구란 무엇인가?
축구 재능만큼 인성도 중요하다면
역시나 생각나는 선수가 많지만

소크라테스와 공자가 예수, 부처와 편먹고 하는 월드컵,
아니 노자와 장자가 법가의 축구를 뻥 차버려도
축구장 안에서는 축구로 말해야 한다.
축구도 잘하고 인성도 좋다면 금상첨화겠지만
박애의 정신도 지행의 일치도 헌신과 희생도
도가니가 녹도록 뛰면서 발로 해야만 한다.

요즘 성공한 사람들은 하나같이 잘생기고
능력도 출중한데 배경도 좋고 성격마저 좋다고 하면
도대체 축구 안 보고 뭘 보는 거냐고 따져야 할 것 같다.
물론 재능이 하루아침에 만들어지는 것은 아니다.

아름다운 축구도, 토탈사커도,
티키타카도 좋고, 안티풋볼도 좋지만
축구가 제일 좋은 건 모른다는 거.
불확실함이 만들어지는 순간이다.
경기 전 인터뷰에서 주장이 공은 둥글고

축구는 몰라요 하고 말할 때이다.　　　　　　　　　　—

얼음잠을 자고

백 년 뒤에 깨어나기 위해 얼음잠을 자는 사람처럼
우리에게 버거웠던 건 늘 미래가 아니다.

지금 고칠 수 없는 병
지금 돌이킬 수 없는 죽음
언제나 당대가 문제이고
당대는 문제인 한에서만 당대인 것이다.

질문은 여전하다.
새로운 몸을 받아도
백 년 전의 영혼으로
백 년의 고독과 그보다 더 무거운
상실을 견디면서 물을 수밖에 없다.

인간이란 무엇인가?
무엇을 할 것인가?

질문은 여전할 것이다.
두리번거리는 나의 버릇을
아무리 밀어내도 고여오는 불안과 우울을
어떤 것도 다 가능해지는 환멸을
어떻게 극복할 것인가?

병과 죽음이 지금의 증언자이다.
ADHD와 조현병과 사이코패스가 시대정신인 것처럼.

나는 누구일까?
대답은 욕망에게 들어야 하고, 유감스럽게도
내가 누구인지는 포털과 유튜브의 인공지능이 더 잘 알
고 있다.
나는 백 년간의 얼음잠에서 깬 사람처럼.

물구경

신영복의 사인이 흑색종이었다는 기사를 보았다.
일조량이 적은 북유럽에서 빈도가 높은 피부암이라는 기
사에는
갇혀서 지내는 것이 괴롭게 느껴질 때는 하늘을 볼 수 없
을 때라는
그의 산문이 언급되어 있었다.

인간에 대한 최대의 딜레마는
재난으로 죽은 사람보다
사람이 죽인 사람이 더 많다는 것. 슬프지만
우리의 행운은 언제나 누군가의 불행에 빚지고 있다.

섭생이 섭식이고, 섭식이 포식이지만
아귀 배를 가르자 쏟아지는 물고기들
종종 어떤 식욕은 이편의 입맛을 없애버린다.

강 건너 불구경이라는 말도 있지만
오늘 뉴스엔 대피령이 내린 군남댐에 물구경 간 사람들
이 나왔다.
우산을 받쳐들고 서서
댐에서 쏟아져나오는 거대한 물줄기를 바라보는 사람들은
물의 크기와 소리에 압도된 채
아귀 뱃속으로 들어갈 물고기들마냥 얼어붙어 있다.

꽃 시절
—민정에게

진수성찬으로 식사를 마치고 나서
물이 제일 맛있다고 한 분은 친구의 아버지였다.
세상 단 한 사람의 원한을 대가로 완성되는 유머라고나
할까.
농담 비슷한 말에 딸려오는 원한 앞에서 겸연쩍어하던 양
반,
하긴 가족끼리 이번에도 정말 맛있었습니다
내일의 메뉴는 무엇입니까 하는 것도 이상하지만.

어른들이 입맛 있을 때 많이 먹어두라고 하실 때마다
나는 입맛도 있고 뭘 넣어둘 수도 있지만
식사가 꼭 허기를 채우는 것은 아니라서
너무 배가 고플 때는 외려 먹을수록 허기가 지고
허겁지겁 먹다보면 어쩐지 텅 빈 자루가 되는 것 같은데

늙은 얼굴이 궂어 사진 찍기 싫다고 한 것은 어머니였다.
인생에는 조연이 없다는 걸 꽃처럼 낯붉히며 들키는 사람
떨어지기 시작한 꽃의 뒷모습에서 제 청춘을 보는 사람
아무 연고도 없는 행인을 보며 자꾸
지금이 좋을 때라고 돌이키는 사람은 외로운 사람,
그리고 외로운 사람은 외롭게 하는 사람이다.

2부

우리는 모두 실패한 적이 있지만,

호모 사케르

아우슈비츠엔 정신병과 감기가 없었다.*
이런 이야기를 들을 때면 나는 은유가 무섭다.
정신병이나 감기가 없는 곳이 다 아우슈비츠 같기 때문
이다.

뭔가 없어져야 해서 결국 없애버린 곳은 다 강제수용소
같다.
한 덩어리의 빵을 위해 누군가를 벼랑으로 밀어버릴 수
있다면
부모가 제 자식을 때려죽여도 그리 놀랄 일은 아니겠지만
사람은 무슨 일이든 할 수 있고 자칫
무슨 일이든 다 하면 그건 안 한 것만 못한 것인데

안 되는 것을 되게 하려는 열정이
되려는 것을 막으려는 힘과 맞붙는,
혁명은 너무 뜨거운 사랑이어서
혁명의 이후는 권태도 그만큼 깊다.

더이상 혁명을 믿지 않는 사람들이란
한두 번 달려보고 나서는 전력질주하지 않는
선착순 달리기의 뒷무리들 같다.

살기 위해서는 뭐라도 해야 하고

우리는 여전히 아우슈비츠에 살고 있지만
그럼에도 불구하고 도저히 할 수 없었던 쪽에 인간은 있다.
인간으로 살기 위해서 최소한 인간이 필요하다.

* 프리모 레비.

외로운 사람은 외롭게 하는 사람이다

마치 백 년 전에도 태극기를 흔들었던 것처럼
오늘의 거리에는 노인들이 많다.
개항과 자주가 붙었다 떨어졌다 했던 백 년 전처럼
태극기 옆에는 유대의 깃발들이 보이고
박근혜 석방, 문재인 OUT을 앞뒤로 새긴 피켓을 향해
박근혜×××! 인도 쪽에서 누가 쏘아붙이자
노인의 눈에서 다시 화염이 일었다.

백두산은 휴화산이 아니라 활화산이었다.
천 년 전에 한반도를 일 미터 두께로 뒤덮었던 화산재조차
어떤 풍요의 밑거름이 되었을 것이다.
죽은 풍뎅이를 잘라 나르는 개미떼를 보듯
자연의 편에선 다 합리화가 가능하고
잘못된 선택과 행동조차 교훈을 남긴다는 사실이
우리에게 허기보다 착잡한 진실로 남는다.

지난 백 년 동안
제국주의에 맞서고 민주주의를 위해서 싸웠지만
싸우며 가난과 무지를 건너왔지만
마침내 맛집 앞에 줄 선 사람들처럼
우리를 무너뜨린 것은 외로움이었다.
외로워서 먹고 화가 나서 더 먹어치웠지만
먹어서 배가 부르고 살 만해지면

주려 욕이 비어져나오는 맞은편 사람도 보인다.

보인다는 게 이렇게 안심이 된다.
무너진 사람은 아무것도 안 보이니까.
거리에서 고래고래 소리를 질러댄 그 사람도
뭘 봐? 화난 사람 첨 봐? 한번 더 소리쳤지만
화난 사람이 화내면서 더 화나듯이
우리는 부끄러워서 울고 울면서 부끄럽다.
아무리 그래도 뭘 먹으면서도 화내는 사람을 보면
아직 겨울 외투를 입고 있는 봄처럼
마음이 춥고 외롭다.

4월

제가 차린 생일상처럼 빤하게 와서
주인 없는 제상처럼 4월은 간다.

유괴나 실종에 비하면
사고사나 병사는 은총이라는 말은
웃지도 못할 비린 말씀이지만

사는 일이 사는 것도 죽는 것도 되지 못하는 사람은
바다로 가서 돌아오지 않은 사람을 기다리는 사람이고
돌아오지 않았기에 떠나보낼 수 없는 사람이고
떠나보낼 수 없기에 함께 침몰하는 사람이다.

피지도 못한 꽃이 떨어지면서 4월이 간다.
사람은 있는데, 인생이 없는 4월

펜 뚜껑

가방을 잃어버렸다.
펜은 없고 펜 뚜껑만 남아서 내버렸는데
가방에서 펜이 나와 뚜껑을 찾으러 간 사이였다.
가방에 든 신용카드와 여권과 함께 나는 사라지고 있었다.
펜 없는 펜 뚜껑처럼, 펜 뚜껑 없는 펜처럼

없어서 더 분명해지는 존재가 있다.
잃어버린 가방과 집시의 희미한 미소.
내가 누구인지를 아무도 궁금해하지 않는데
어디에서 왔냐와 무얼 하러 왔냐가
공연한 의심과 문책이 되는 순간들

증명할 수 있는 것 하나 없이
필사적으로 내가 되어야 하다니 불공평하다.
놀러왔는데 테러하러 온 것이 아님을 증명해야 하고
조그만 아시안은 그만 불친절해지고 싶은데
경직된 미소는 난처한 의심만 만들어낸다.

뚜껑만 남은 펜처럼 없어서 있는,
테러리스트가 아니어서 투어리스트가 되어야 하는
나는 펜을 줄 테니 가방을 달라고 말하기 위해서
테러범 같은 집시를 만나야 하고
여행은 반드시 자기를 찾아 떠나는 여행일 수밖에 없고

살인광 시대

린지 로언의 사망 기사를 보았다.*
가망 없는 악동에게 남은 기대는 죽는 것뿐이지만
굶주린 상어들에게 던져넣을 핏덩이는
미안하지만 아직 새로운 사내를 꼬이고,
그의 지갑으로 쇼핑을 하는 중이다.

지켜보는 상어들이야 지겨울지 모르지만
연애란 새로 딴 술병처럼 새로운 취기를 담고 있는 법이다.
머리가 떨어져나가는 숙취처럼 수습하기 곤란한 일일망정
술이나 연애 자체의 문제는 아니다.
그러나 이미 죽었다고 해도 놀라울 것이 없는
삶이 여전히 가장 놀랍다.

상어는 배고파서 그렇다 치고
왜 미녀는 상어를 위해서 이미 죽어야 하는가.
한 손으로는 제 유방을 가리고
다른 손으로는 거웃을 가리느라
붙들린 머리채를 어쩌지 못하고 질질 끌려가는
말레나의 저 개탄스러운 머릿결.**

세속이란 머리채 같다.
어디에 숨어들어도 머리채가 붙들려나온다.
하지만 안심하라. 놀랄 만하지 않을 때엔

아직 상어밥이 아니다.　　　　　　　　　　　　　　　　　　—

* 할리우드의 악동 린지 로언이 다년간 알코올과 약물 중독에서 벗
어나지 못하자, 기자들이 사망 기사를 써놓고 기다린다는 뉴스가
있었다.
** 주세페 토르나토레, 〈말레나〉.

　　　　　　　　　　　　　　　　　　　　　　　　　　　　—

스포일러

성공에 대한 우리의 감식안은 완고하다.
행복을 구하면서 정작 불행의 신을 섬기는 자답게
우리의 두려움과 의심은 틀리는 법이 없다.
우리의 믿음은
서 있을 수는 있지만 누울 수는 없는 휴식 같다.
편두통 같고 숙취 같은 휴식이다.

우리는 타인의 성공을 쉽게 인정하지 않으며
심지어 결과로서 입증되었을 때조차
아직 그것이 지배적인 결론이 되지 않았다는 것을 강조
한다.
네가 잘되는 꼴은 볼 수 없다는 단순한 명제를 두고
우리가 찾아 헤매는 것은 무엇인가.
왜 꼭 죽기 전에야 회개하느냐고 질문한 것은 몽테뉴였
지만
가시기 전에라도 내려놓고 가시는 것이
실은 이 모든 의문의 짐을 덜어주는 것이긴 하지만

주검과 함께 영원히 묻혀버리는 진실을 잠깐 물릴 수 있
다면
평판이란 즉석떡볶이집으로 들어가는 사람이 입은 흰 셔
츠처럼
부정적인 뜻에서 운명적이기도 하다.

생각해보라 끓는 감자탕이나 떡볶이를.

모든 끓어오르는 것들에겐 내면의 진실이 있다.

이 게걸스러운 식사를 통과하고도 새하얀 셔츠를 기대한
다면

당신은 이 끓고 튀는 시뻘건 국물들이

노르망디 전투에서 사람을 피해간 총알만큼이나 사려깊
기를 바라는 것이다.

어쩌면 총알에게 관용을 기대하는 절박한 사람이 되면서

믿음이나 구원을 필요로 하는 사람이 되는 거겠지만

최소한 기도를 들어주는 누군가가 별 다섯 개로 점수를 매
기고 있지는 않을 것이다.

다섯 개가 모여야 하고 다섯 개 중의 다섯 개는 개좋은 경
우겠지만

네 개 반의 별 점수를 보라. 신에게도 망설임이 있다.

기다려주지 않는 것은 냄비이다.

끓어넘치는 냄비에게는 재능이 있다.

은유로서의 질병

다시 태어난다면 하고 생각해본 적 있지만
다시 태어나고 싶다고 생각해본 적은 없다.

후회가 없는 사람은 없고
우리는 모두 실패한 적이 있지만,
그래서 실패의 기원으로 가서
기원을 제거해야 하는 것은
터미네이터 T1000의 일이겠지만

다시 태어난다면 유감스럽게도
액체 금속이나 최첨단 나노 갑주도 없이
기껏 두부처럼 무른 살가죽만 걸치고 태어나야 한다.
할 수 있는 일이란 고작 빨거나 쥐는 것,
먹고 싸고 울고 웃는 게 전부일 뿐이며

더욱이 우리에겐 기억이 없을 것이므로
시간을 거슬러,
마땅히 되돌아온 이유를 모르는 우주 전사의 처지란
기실 우주 미아와 같을 것이다.

나는 전생을 믿지 않고
다시 태어나고 싶다고 생각하지 않을 만큼
철두철미한 현실주의자이지만

코끝 벌름거리게 하는 간지러운 봄바람에 날려
막 암술에 도착한 꽃가루 같은 생을 생각하니
삶이란 늘 의미에 목말랐던 것이다.

미래를 잃어버린 사람들이란 속류 쾌락주의자이며
진정한 미래주의자는 비관주의자의 얼굴을 하고 있지만,
우리에게 꽃가루만큼이라도 의미가 필요하다면
처세의 철학보다는 파산이나 암 선고가 더 빠를 것이다.

암술에 도착한 꽃가루란 하나의 기적이다.
다시 해볼 것도 없이.

자서전엔 있지만 일상엔 없는 인생

딱히 무엇과 싸우지도 않았는데
이미 패배한 자의 발걸음으로 귀가한다.
패배의 기원은
가늠할 수 없음에 있는가
아니면 거스를 수 없음에 있는가.

퇴각의 핵심은 손실을 줄이는 데 있으니
오늘의 패배는 구태여 찬비를 맞지 않는 데 핵심이 있건만
세월 앞에는 장사가 없어서 밤새 세월이
새끼손가락쯤으로 들어올려서 패대기를 쳤는지
잔뜩 두들겨맞은 몸으로 잠 깨는 아침

멍한 정신으로 눈곱을 수습하고 보니
아 돌아오지 않는 활력이여
정신과 기운은 어디 가 아직 돌아오지 않는가.
어서 와라 활력이여

최선을 다해 제자리로 오는 사람은
깜빡 졸다가 하차할 역을 놓친 승객이고
가지고 있는 것을 놓쳤던 사람이니
허둥지둥 세월보다 힘센 책망감에 내몰려
제자리에 돌아와보면, 그는

늙고 누추한 행색의 과객이다.
지나쳤고 돌아왔으나 결정적으로 뒤늦은 그는
그러나 진심을 다해,
있는 힘껏 자신을 증오해본 사람
한 번은 비워진 사람이다.

미식가들

간절함이 사라진 자리엔
결국 식욕만 남았다.
그리고 식욕보다 많은 음식이 버려지는 곳에서
바쁜 건 냄새들이다.

냄새의 이편이 식욕이라면
저편은 구역질이다.

불행이 그림자처럼 따라붙는 오후에
나의 빈궁은 놀랄 것이 없는 데에도 있다.
—선생님 이제 저는 더 놀랄 것이 없어요.
내년치까지 이미 다 놀라버렸거든요.

짜증이 그것도 국숫발처럼 밀려오는 시절
빤한 밥상을 기다리는 사람들이
멀뚱히 눈을 두고 있는 곳은
빤한 차림상의 뉴스 화면이다.

—오늘의 메뉴는
벼룩의 간 절임이야.
그렇게 간장을 태우고도
아직 얼마간 놀랄 여지가 있다는 것도 놀랍지만
졸아붙을 대로 졸아붙은 간장을 맛보기 위해

매번 식욕보다 긴 줄이 늘어섰다.

불운의 달인

나는 무례한 사람들의 특징을 알게 되었다.
그들은 부끄러움이 많고 사무적이며
세상에는 뭔가 더 중요한 것이 있다는 확신이 있다.
어떤 급한 일도 덜 중요한 일로 만드는 능력을
신은 왜 그들에게 주었는지 의문이다.

그들은 늑장 피우지 않지만 서두르지도 않는데
이미 늦었다는 것을 알고 있기 때문이다.
2월이 짧은 것이 달력 기술자의 문제가 아니듯
마음을 급하게 먹는다고 해가 빨리 가는 것도 아니며
슬슬 얼굴색이 삭힌 홍어처럼 되어가는 사람 앞에서라면
그들은 한 호흡으로 더 멀리 잠수하는 사람처럼 굴지만

다음 기회란 항상 꽝 뒤에 오는 것이라서
운 나쁜 사람은 철로에서 튄 돌멩이에 눈을 맞은 사람이며
벼랑 말고는 다음이 없어 참기 힘든 사람이다.
우리는 성공이 약속한 대로 찾아오지는 않아도
파산에는 일정한 절차가 있다는 것을 알고 있지만

불운한 사람들에게 모자란 것은 인내심이며
참으로 다급한 쪽은 언제나 불운한 사람들이겠지만
예의 없는 사람에게 예의바름이란 또다른 무례라서
불운의 달인들은 무식과 고성이 달변보다 빠르다는 것

을 안다.

신 또한 그것을 알고 있다.

문득 뿔은 초식동물의 것이라는 생각

집도의가, 환자분 얼마나 아프세요?
일부터 십 중에 몇인지 말해보세요, 물을 때
이 악물고 뒹구는 사람의 고통이 십, 십, 아니 백이라도
결국 십을 찍으면 구나 팔로 향하게 마련이다.

만날 수 없는 사람을 생각할 때에는
뽑혀나간 뿔을 더듬는 심정으로,
도대체 산 채로 제 뿔을 빼앗긴 심정은 어떨 것인가.
종종 우리가 마취제를 맞고서 훌쩍 다녀온 저 십의 세계란
한도를 초과하여 계측 불가능한 슬픔 같은 것은 아닌가.

그때는 딱 죽을 것만 같았지만
제법 살 만해졌다고 생각될 때,
그때 문득 다시 아프다.
아픈 건 늘상 처음 같은데
견딜 만하다는 건 처음만큼은 아니라는 거.

남보다 더 아파본 사람이 충고라도 한다.
꼭 십까지 가봐야 구나 팔에게 충고하는 건 아니다.
실제로는 거의 쓸 일도 없으면서 이마에 달고 있는 뿔처럼
충고란 어차피 아픈 사람에게 도움이 되는 물건은 아닐
지 모른다.
그래도 얼마나 아프냐고 물어주는 것의 효용은 있다.

우리는 어쨌든 일 초라도 그 불구덩이 밖으로 나가고 싶다. ─

시인의 죽음 2

마침내 그가 죽었다. 어쩌면
이미 죽은 것이나 다름이 없었기에
아무도 놀라지 않았지만
모두가 알고 있는 비밀 같은 것이라서
놀랄 수도 놀라지 않을 수도 없었다.
산 것도 죽은 것도 아닌 애매한 삶이었다.

새하얀 눈이 내려 온통 덮고 있는 시궁창,
노을에 젖어 아프게 빛나는 스모그.
아름다운 것은 모조리 훔치고 싶었지만
그럴수록 남는 것은 배고프고 외로운 몸뚱이였다.
한쪽만 비대한 기관을 달고 사는 사람처럼
더 자주 비틀거릴 뿐이었다.
내게 한 말의 술을 준다면
인간과 세상의 환멸을 눈감아주겠다.
연거푸 술을 마셨다.

마침내 오늘 그가 죽었으므로
기다렸다는 듯이 우리들은 모여 술잔을 돌리고
이따금씩 풀린 눈으로 이것이 몇 번째의 삶이고
짐짓 죽은 것이 그인지 우리인지
헤아려볼 뿐이었다. 그러면
결코 죽었다고는 볼 수 없는

환한 영정 사진 속에서 그가 웃고 있었다.

사실은 아주 오랜만에 보는데
근자에 만난 것처럼 그렇게 멀쩍이
비로소 어떤 시차가 밀려왔다.
그를 보내고 돌아오는 길에 생각해보니
귀가하는 사람이나 한번 놀래키는 것이
귀신 같은 인생들의 소임이라면 소임이었다.

질문 있는 사람

말매미 한 마리가 우화하지 못하고 죽어 있다.
벌어진 번데기 등을 반쯤 빠져나오다 멈췄다.
다른 매미들의 벌건 울음을 배경으로
결국 이게 다인가요?
오늘 아침의 마른 하늘을 쳐다보며
나는 물었다. 하늘은 묵묵부답.
신은 대답하지 않는 한에서 신이었다.
정말이지 모든 것을 안다면
말해줄 수 없을 것이다.
스스로 대답해본다.
불행을 배경으로 삶을 보면
어떤 일도 견딜 만해진다.
하지만 불행해지지 않기 위해서 살지 말라고
충고해준 것은 개미들이었다. 쇠똥구리였다.
멋쟁이딱정벌레였다. 어떤 이야기의 끝은
다른 이야기의 시작이었다.
그것을 알려준 것은 구더기들이었다.
그러므로 파산을 통과하는 중에
또다른 파산을 예감하는 것.
행복을 소실점으로 멀어지다보면
가치 있는 것들은 다 멀리 있었다.
그러나 오늘 실패의 교훈,
다른 결과에 대해 같은 이유를 발견하지 말 것.

같은 결과에 대해서도 다른 원인을 찾을 것.   —
매미들의 울음소리가 신의 음성처럼 울려퍼진다.

                                                              —

죄인

회귀란 너무 멀리 떠나왔다고 자각한 자의 것일까.
회심은 늘 그 자리에서 멈춘다.
돌아갈 수 없는 자에게
떠나온 자리는 책망의 자리다.

건물을 통째로 집어삼킨 화염이 시작된 곳,
망자와 나눴던 마지막 악수가 선연한 손바닥.
너 같은 인간은 다시는 안 본다고 돌아선 사람의
우물에 탄 독 같은 말이 퍼렇게 떠오르는 귀 우물.

도둑은 이미 다녀갔는데,
자물쇠를 몇 겹으로 잠가놓고도
문밖의 소리에 온 귀를 다 기울이는 집주인처럼

모든 가능성을 다 비워내고도 집은
금세 우울한 공기로 가득찬다.
진정으로 포기를 모르는 것은 실패이다.
실패를 감았다 풀듯
실패를 몇 번이고 되풀이할 수밖에 없는
링반데룽.

정오

머리통이 익을 것처럼 볕을 내리쬐는
태양 아래서는 모든 것들이 골똘하다.
생각이 생각을 낳고
생각이 생각을 낳아서
담쟁이 저리 뻗어나가고

뻗치고 뻗쳐서 멎은 자리
담쟁이는 담쟁이를 지우고
생각이 생각을 지워서
만상이 저리 골똘하다.

만상이 한 점 골똘하다.
만상의 자리에서 올려다보면
세상을 태울 듯 불볕을 내리쬐는 태양도
한 점 골똘하다.

3부

자두를 골라내면서

거기서 거기인 토마토

오십보백보란
이미 손을 더럽힌 사람과
곧 손을 더럽힐 사람의 차이 같은 거지만
더러움에서 보는 깨끗함이나
깨끗함에서 보는 더러움이란
또 한없이 먼 거리
오십 보는 족히 더 가야 백 보다.

거기 서 거기란 추격자의 말 같고
순간 도주를 상상하느라 잠깐 숨이 가빠지기도 하지만
토마토 하나를 고를 때에도 때깔과 향미가 다 다르거니
보이는 사람에겐 있고
보이지 않는 사람에겐 없는
거기서 거기인 토마토

암에 걸린 사람들이 찾아 먹는 토마토
암에 걸릴 것 같은 사람들도 같이 찾는 토마토
암 같은 것은 생각하기도 싫은 사람들도 찾는 토마토
이렇게까지 말해줘도 거기서 거기인 것처럼 생각되는 사
람들
가만히 있어도 쫓기는 기분 같은 것은 생각지도 못하는
사람들이 아직은 못 알아본 토마토

신맛 단맛 짠맛 말고
몸에 좋은 맛도 있다는 것을 사람들은 알까.

토마토들은 가판대 위에 쌓여 있다.
풋내가 파랗고 기분좋게 난다.
힘줄 고랑도 예쁘게 파인 채
아래는 파랗고 위는 빨갛게 익었다.
아래까지 붉게 물들 때까지 아직은 기다려준다.

아직 거기서 거기시겠지만,
아직 거기 서 계시겠지만.

질문자 유의사항 2

정작 필요한 것을 알려주는 사람은 없는데
세상에는 지혜를 팔지 못해 안달하는 사람들뿐이고
가령, 오만과 독선은 그중에서도 가장 손쉬운 지혜일 텐데
한 번 쓰고 버리기엔 너무 비싼 일회용품처럼
값비싼 편의는 차라리 불편하다.

우리는 목마른 질문을 가지고 있고
해답을 가르쳐줄 누군가가 필요하지만
그건 가르치려 드는 사람을 좋아한다는 뜻은 아니고
불편한 얼굴은 검붉은 얼굴인데
갈색을 붉은 검정이라고 하든 검은 빨강이라고 하든
여전히 그건 당신의 자유이지만

같은 재료와 레시피로 전혀 다른 결과를 만든 실습자처럼
잘 안 되는 사람은 이유를 잘 알 수 없고
그래서 물어보면 잘되는 사람의 편에서는
잘 안 되는 사람이 이해가 안 간다.

이해는 안 되어도 되는데 맛이 없고
편집증이란 늘 그렇듯이 사실에 봉사하지 않는다.
기분과 느낌에 봉사한다.
뻔한 대답은 이해도 잘 안 되는데 맛도 없는 레시피 같다.
여전히 이유는 잘 모르지만 맛은 확실히 없다.

셋 중 하나

세상에 부모는 세 종류뿐이다.
서툰 부모,
어리석은 부모,
나쁜 부모.

팔이 부러진 신(神)은
놀라서 울고, 아프고, 잠들고, 소스라친다.

아픔을 보는 것만으로
몇 배는 더 아플 수 있지만
결국 대신 아플 수는 없으며
할 수 있는 것이 기도밖에 없는 사람들이란
자기를 책망하고 힐난하는 것밖에 없다.

불행을 믿고,
불안에 의지하며,
행운을 간구할 수밖에 없는
쓸쓸한 신앙인일 수밖에 없다.
팔에 붕대를 감은 신이 깨어나
롤리팝을 핥으며
세상을 다 가진 미소로 화답하기까지는.

바닥이라는 말

우리들의 인내심이 끝난 곳.

사는 게 도대체 왜 이러냐고 묻고 싶은 사람들은 하늘을
본다.
별 볼 일도 없는 삶이라서
별이라도 보는 일이 은전처럼 베풀어지는 거겠지만

사람이란
후회의 편에서 만들어지고
기도의 편에서 완성된다고 할까.

부드럽게 호소해도 악착스러움이 느껴지는,
그 많은 간구의 눈빛과 목소리를
신은 어떻게 다 감당하고 있는 걸까.
콩나물처럼 자라 올라오는 기도들 중에서
제 소원은요 다른 사람 소원 다 들어주고 나서 들어주세요.
하는 물러빠진 소원도 없지는 않겠지만.

결국 우리가 발 딛고 선 곳

그러니까 풍문과 추문을 지나
포기와 기도를 지나

개양귀비 뺨을 어르며 불어오는 바람이
가까운 진흙탕 위로 내려앉는 것을 본다.

아무리 맑은 우물이라도
바닥 사정은 비슷하다.
그러므로 함부로 휘젓지 말 것.

처용

서울 달 밝은 밤에 밤 깊이 놀다 왔습니다.

서녘으로 달은 차고 밝았으며 동이 트기에는 아직 멀어 오래 놀았습니다. 끝도 없이 고기를 굽는 신기하고 을씨년 스러운 할로윈의 골목들, 귀가 떨어져나가도록 노래를 부르는 낭만, 봐봐, 씨발 할말은 해야지. 사는 일이 뜻대로 되지 않아 멱살을 잡는 중년들도 보였습니다. 불판 위에서 고기들은 판타지와 어드벤처와 드라마와 호러 장르를 섭렵하는 중이었고, 죽은 사람들은 휘휘 건너가는데 산사람들의 발이 푹푹 빠지는 골목이었습니다.

그때 아내는 나와 함께 횟집 수족관을 들여다보고 있었습니다. 크고 검은 물고기를 보고 있었는데, 갑자기 그들이 밀어닥쳤습니다. 완장을 차고 나타난 그들이 나를 문책하며 뺨을 때리기 시작했습니다. 아내가 내 손을 꼭 붙잡으며 말했습니다. 참아요. 여보. 참아야 해요.

하지만 나는 아내의 꿈 밖이었기에, 아내의 말이 들리지 않았습니다. 꿈의 바깥에서는 배부른 사람들이 계속 고기를 굽느라 계속 살 타는 냄새가 진동을 하고 있었습니다. 이미 취한 사람들의 오징어 팔에 한 잔만 더 하자는 낡은 은유가 흡반처럼 돋아나고 있었습니다. 나는 달과 함께 귀가했는데, 그것은 해가 뜨기 직전이었고 다음날 나는 술을 마신 사람이 얼마나 고통에 관대하며 또한 무방비인지 몸소 실천중이었습니다. 갈증과 구역질이 협공을 퍼붓지는 않지만 맥이 풀리고 머리가 지끈거렸습니다. 아내를 범한 역신을 조

용히 물리치는 것이 원래의 역할이었던 것 같은데 나는 왜
아내의 꿈에 들어가 뺨을 맞았을까요? 도저히 용서할 수 없
는 것을 용서하는 것이 용서요, 용납할 수 없는 일을 용납하
는 것이 관대함이겠지요. 그런데 웬 턱이 그리 아픈지, 사람
이 말로 하는 실수는 욕설처럼 사나운 말일 때보다 달콤한
말일 때 더 뼈아픈 것이었습니다. 꿈값을 치르느라 턱이 계
속 얼얼했습니다.

처용 2

　처용이 아침식사에 가족과 막 둘러앉았을 때였다. 이제 막 중세봉건 영주통치시기를 지나고 있는 다섯 살 난 딸이 말했다. 자신은 밤사이에 열이 나고 몸이 아팠으며 그래서 하느님께 낫게 해달라고 빌었더니 아침에 괜찮아졌다는 것이다. 처용은 영주로서의 예를 갖추고 말했다. 우리 셋째 공주님이 착해서 하느님이 소원을 들어주신 것일 테니 우선 아침을 든든히 먹고 먼 미래에서 보내온 빨간 물약을 잘 먹어보자. 그때 그녀와 처용의 시간 거리는 거진 천 년은 되어 보였다. 하지만 처용이 미처 아득해하기도 전에 이제 막 근대사회로 진입한 둘째딸이 말을 이었다. 새벽에 날씨가 추웠는데, 엄마가 침실에 들어와 이불을 덮어주고 갔으며 그러니까 감기가 나은 것은 약을 먹이고 따뜻하게 보살핀 엄마 덕분이지 하느님 때문이 아니라고 잡아뗐다. 억울해서 다시 신을 찾은 것은 셋째 공주였으나 이 모든 과정을 슬쩍 곁눈질로 보아 넘긴 첫째는 침묵이야말로 가장 현대적인 종교라는 것을 보여주었다. 처용은 이 포스트모던한 상황은 어쩐지 문명 이전의 침묵 같다는 생각을 했다. 더불어 한 사람의 인간이 세포 상태의 시원에서 출발하여 왕자와 공주의 중세를 지나 완전한 근대인으로 만드는 데 약 일억 원이 필요하다는 최근의 뉴스가 떠올랐다. 오늘 처용이 자신의 아이들과 함께 먹은 아침 메뉴는 햄치즈 샌드위치였으며, 이 메뉴는 특히 근대인이 좋아하는 메뉴였다. 참고로 공주는 격조를 생각하며 반만 먹었으며, 아직 원시시대

를 벗어나지 못한 왕자는 빵은 그대로 두고 햄만 빼먹는 신
공을 발휘하였다.

슬리퍼

꿈에 신발을 잃어버렸다.
익숙한 식당에 우르르 가서 먹은 점심이었는데,
꿈이란 이상도 하지. 익숙한 식당인데 이름은 기억나지
않고
우르르 가서 먹었는데, 정확하게 옆에 있는 사람이 누군
지 모르고

내 신발만 없었다. 두세 번 신발장을 뒤져도 나오지 않자
곧바로 꿈이라는 생각이 들었다. 이건 너무 식상한 꿈이
잖아.
그래도 우르르 몰려나가는 사람들의 뒤꽁무니만 보다가
남겨지는 기분은 별로여서 진짜 신발을 잃어버린 것처럼
언짢았다.

도대체 어떤 원만한 분이 남의 신발을 신고 간 것일까.
도대체 어떤 사람의 말 못할 이유가 내 발을 묶어놓은 것
일까.
훔쳐간 것이 아니라면 결국 한 켤레의 구두는 남겨질 테지.
식당 주인이 내민 욕실용 슬리퍼를 신고 서서

나는 언제까지 이렇게 꿈속에 붙들려 있어야만 하는 걸까.
기왕 이렇게 된 거 찾아서 나가야 하는 것은 아닐까.
벌써부터 꿈 밖에선 언제까지 잠을 잘 거냐고 야단인데

남겨진 구두 주인들의 식사는 끝없이 이어지고

앉아서 기다리시라는 주인의 말을 한사코 밀쳐두고서
나는 왜 이렇게 붙들려 신발장을 지키고 있는지
나는 왜 신발 지키는 사람의 자세로 누워 있는지
나는 언제부터 머리는 꿈에 두고 발은 이렇게 한데 두고
있는지

호두의 힘

책을 읽어주는 일도 책을 읽는 일인데
아이들은 자꾸 같은 책만 읽어달라고 한다.
공룡들의 이름을 다 외우는 데는 백 번까지도 걸리지 않
았다.
너는 공룡이 그렇게 좋니에서 출발해
너는 왜 공룡책만 읽어를 지나면
이미 멸종한 공룡들이 가상현실처럼 눈앞에 펼쳐지고
도대체 왜 이렇게 중생대는 긴 것인가,
급기야는 너덜너덜 공룡책이 먼저 화석이 될 것 같은데

공룡은 대체로 뇌가 발달하지 않았다고 하고
사냥이 쉽지 않았던 육식공룡들은 뇌가 더 컸다고 한다.
초식공룡들은 먹을 것이 흔해서 뇌가 발달하지 않았는데
몸길이가 십 미터나 되고 몸무게만 이 톤이 넘는
스테고사우르스는 뇌가 호두만했다고 한다.

최첨단 나노기술도 아닐 테고
호두라니, 세상에 좀 심했다. 그치?
아이는 잠시 지붕도마뱀 따위는 관심도 없고
입속에 호두라도 넣어준 것처럼 고소해서 죽을 판인데

스테고사우르스의 호두는 거의 필요가 없는 호두였을까
아니면 너무나 요긴한 호두였을까

궁금해하는 내 머리는 너무 커서 자학적이고
오등신 아이는 장차 멸종당할 일보다는
멸종시킬 일들이 더 걱정일 듯한데

사람은 누구라도 남의 주머니 속이 궁금하고
이런 궁리들이 틀림없이 사람의 뇌를 키웠을 것이다.
먹을 게 천지요, 지붕도 이고 다니는 이 초식동물에게
꼭 기억해야 할 것들은 어떤 것이었을까?
그 호두를 열어보지 못해 당장 아이는 애가 탄다.
공룡백과의 다음은 조류도감,
곤충백과가 저렇게 눈빛을 반짝이고 있는데.

웃는 꽃밭

샛노랑과 새빨강과 진초록을 뒤섞어
가장 탁한 감정을 만들 때
물감놀이의 끝은 아름답지 않다.

사인펜으로 색칠공책에 구멍을 내거나
펜촉이 모조리 자라목처럼 처박히는 건
손끝이 물러서지만

꽃들이 춤추는 것을 보고 놀란 적 있다.
국화꽃밭이었나 백일홍 군락지였나.
바람도 없는데 살랑살랑 흔들리는 꽃들의 배후엔
진탕을 헤집는 오리가 있었다.

가장 선명한 색들을 합해 탁해진 검정은
오리가 주둥이를 처박고 뒤지던 진창 같다.
뚜껑 없이 말라 굳은 사인펜 촉은 더이상 화음이 없고
그걸 또 씹힌 사인펜 뚜껑의 구멍처럼 바라보자니
오리 발자국의 갈퀴 자국은 또 하릴없다.

이거 봐 다 말랐지? 뚜껑을 항상 닫자 응.
오리들은 입에 진창을 잔뜩 묻히고 유쾌하다.
뒤뚱뒤뚱 하루가 다 지낼 만하다.
발밑 사정이야 그렇다 치고 간질간질

꽃들이 하늘을 보고 웃는 건 그래서였나?   —

—

노래하는 딸기

자꾸만 노래하고 싶어서 딸기는 우리집으로 왔다.
접시 위에서 부끄러운 듯 얼굴이 붉더니
아이들 입으로 들어가서는 노래하기 시작했다.

딸기의 노래는 달콤하고 향기롭다.
딸기의 노래는 아이들의 입에서 퍼져나가고
엄마 아빠도 왕년엔 여드름 좀 짰지만
딸기야 너는 못 당하겠다.
엄마 아빠는 딸기의 노랫소리에 박수를 친다.

새빨갛고 즐거운 딸기의 노래 사이로
웃다 빠진 배꼽처럼 자잘자잘한 딸기씨들이 터질 때
창밖의 저녁도 잠깐씩 명도를 잃는다.

딸기는 노래를 잘한다. 확실하다.
최소한 레몬보다는 잘한다.
딸기는 노래하고 싶다. 더 시들해지기 전에.

까다로운 주체 2

누군가의 솔직함이 다른 수준에서는 잔인함이 되듯
하수구에서 올라오는 고약한 냄새처럼
사실 그 자체보다 더 끔찍한 충고는 없다.

그러나 즉시대출, 파산땡처리, 창고대방출,
악착같이 달라붙어 나부끼는 전단지들처럼
너무 적극적인 구애는 대꾸할 말을 잃게 한다.
살 사람은 알량한데, 팔겠다는 사람들만 넘쳐난다.

사는 사람의 관점에서는
그러니까 살아야 하고,
그러므로 살아야 하고,
그럼에도 불구하고 살아야 하니까
무능력과 파산조차 상술이 될 수 있는 거지만

주지도 않은 상처를 애써 떠안은 사람처럼
팔려는 사람은 자꾸만 이편의 무관심을 불만으로 번역한다.

무능력의 문제라면
우리는 싫다기보다는 쉬고 싶은데
하필 퇴로의 전사처럼 귀가하며 본
길에 떨어진 팬티는 당혹스럽다.
팬티를 안 입은 것처럼.

김종삼 생각

찌는 여름날
멀리까지 가서 자두를 한 상자 사왔다.
자두 사러 나선 길은 아니었지만
겸해 돌아오는 길에 자두 한 상자를 손에 넣고 두둑해진
날

수줍은 듯 시설도 하얗게 낀 붉은 자두를
오천원 만원 하면서 골라 담지 않고 상자째 사서 왔다.
제 주먹만한 자두를 보고 침을 이미 한 컵씩은 삼킨 아이
들이
당장이라도 먹고 싶어 매달려 찔러보는 걸
집에 가서 먹자고 매운 말로 다그치며 돌아왔는데

다음날 씻어 먹이려고 열어본 자두는
반 이상은 썩고 그나마도 다 물러 있었다.

살면서 누구든 이런 날이 있을 것이다.
기껏해야 썩은 과일을 정성스럽게 모셔오는 날이,
죽은 사람을 산 사람인 양 업고 오는 날이 있을 것이다.

자두를 골라내면서,
썩은 자두의 그 한없는 단내를 맡으며
집은 과일마다 썩은 과일이었는데,

당신 아닌 사람이 집으면 그럴 리가 없다고
타박을 받던 마음 생각이 났다.*

* 김종삼, 「원정」.

귀신도 살고 사람도 살고

스승이 없었다면 오늘날 네가 있었겠느냐
하지만 제자가 없다면 스승이 있겠습니까.
가르치는 일이 배우는 일이기도 하고
교학상장이란 말도 있지만

배우겠다는 사람은 없는데 가르치려는 사람은 왜 이리 많
은가.
본래 성공하지 못한 사람들이 성공하는 법을 가르치는 것
이지만
처세에 능한 사람들이 예의는 미처 챙기지 못하는 것은
궁금한 건 많은데 알려주는 사람은 없는 것과 같은 이치
인가.

공부는 지식만을 구하는 일이 아니라서
학교가 반드시 공부만 하는 곳은 아니라서
커피숍도 있고, 화장품 가게도 있는 학교에는
학교가 없고, 제자가 없고, 스승이 없고, 가끔 친구는 있
는데

교장선생님 말씀과 주례사의 미덕은 올바름에 있지 않고
그건 눈높이의 문제가 아니고 그냥 길이의 문제이다.
짧아야 좋은 것들은 얼마든지 있지만
성공한 사람들은 견딜 수 없다면 즐기라고 하고

그 말을 한 사람은 본부 중대장님이셨는데

　아, 스승님은 달을 가리키는데 손가락은 왜 보느냐고 하
시지만
　처음부터 관심은 손가락에도 있었다. 당신은 손이 예뻐
요.
　따지고 보면 제사도 지내고 젯밥도 먹는 것이 사람의 일
이지요.
　귀신도 살리고 사람도 살고. 기왕이면 다홍치마고.

마이닝 크래프트

모든 코골이에겐 그걸 듣는 누군가가 있지.
나란히 누워 굿나잇 했는데 곧장 코 고는 소리가 들린다면
이번 여행에서 그 누군가는 당신 자신이겠지만
고막을 찢을 듯이 코를 골다가 갑자기 고요해지면
이번에는 깜짝 놀라 벌떡 일어나야 하겠지만

코를 고는 쪽이든 듣는 쪽이든
반드시 하나를 선택해야 한다면
어느 쪽이 덜 피곤할까 궁리해보겠으나
어느 쪽이든 잠의 깊이는 비슷할 것이다.
그리고 이따금 제 콧소리에 놀라 깬다는 건
아무도 없는 불 꺼진 기차역에 혼자 내린 기분.

자다가 죽는다면 오복 중의 복이라는 웃지 못할 농담도
있지만
수면 무호흡은 중죄인의 보석을 허락할 만큼 무서운 병
인데
초저녁에 곯아떨어졌다가 인기척에 깼더니
다섯 살 난 딸아이가 내 얼굴을 빤히 들여다보고 있을 때
나는 부끄러움에 발을 내디뎌야 할지
위로와 안도에 손을 내밀어야 할지

나는 왜 코 고는 소리를 들으면

자꾸만 땅굴을 파는 소리처럼 느껴질까.
코 고는 소리에 잔뜩 집중하고 있는 딸아이의 표정은
아빠 너무 멀리 가지 마, 하고 말하는 것 같다.
나는 도대체 갱도 어디쯤까지 다녀온 것일까.

Bird View

뒤에서 누가 노려보고 있다고 느낄 때
상상되는 뒤통수 혹은
돌아보면 마주치는 사물들의 뚱한 얼굴.

공기조차 표정을 갖고 있다.
끔찍한 사건의 목격자들이 앓는 실어증처럼
분명한 목격과 아무것도 말할 수 없음 사이에서
공기들이 갖는 최대의 밀도
그리고 목 졸린 표정.

새들에게는 표정이 없다.
얼어붙기 직전의 물의,
깨지기 직전의 유리컵의,
쥐었던 손을 풀었을 때
손바닥으로 들어오는 혈류의 표정이 없다.

자꾸 누가 노려보고 있다는 느낌은
죄책감일까 상실감일까.

알고 싶은 사실과 부정하고 싶은 사실이
하나의 표정을 갖게 될 때,
진실은 최대의 힘을 갖는다.

새와 눈이 마주칠 때면
나는 기억상실증에 걸린 연쇄살인범처럼.

심봉사 팥도너츠

당신은 평판을 가질 수 있고
그건 당신도 모르게 누군가에게 아는 사람이 된다는 뜻
이지만
오늘날 하늘을 나는 새도 떨어뜨리는 것은
권세라기보다 추문의 영역이며

누구라도 이름을 얻기 위해서는
눈을 질끈 감고 인당수로 뛰어들듯
끓는 기름 속에라도 뛰어들 결기가 있어야겠고

식자들의 까다로움이란
겉은 바삭하고 속은 촉촉한 세계를 추구하는 것이라
속이 익을 만큼 충분히
그러나 겉이 너무 타지 않도록 익히는 것이
무릇 불을 쓰는 사람의 왕도라면 왕도이다.

찌는 불볕 아래 느티나무 그늘
따끈한 팥도너츠를 야금야금 베어먹으면서
이 가게의 이름에 담긴 뜻을 생각해본다.
봉사 눈도 번쩍 뜨일 맛이라는 것일까
그도 아니면 또다른 어느 한 많은 심씨 맹인이
불세출의 손맛으로 도너츠를 빚는다는 걸까?

주인도 객도 눈먼 사람은 없으나   —
모르고 덤볐다가는 눈이 뜨일 만도 한 맛이긴 하다.
그래도 그렇지. 이건 너무 이율배반적이잖은가.
에어컨 켜고 담요 덮고 있는 격이지
겉은 바삭하고 속은 촉촉한 이 집의 비법은.

일주일에 한 번, 장터에 오는 심봉사 팥도너츠
찌는 여름의 열기에도 바삭바삭 고소하다.

4부

안녕이 되고 싶어

영월 혹은 인제

아픈 마음엔 풍경만한 것이 없어라.
안팎으로 찢어진 것이 풍경이리라.

다친 마음이 응시하는 상처
갈래갈래 갈라져나간 산의 등허리를 보는 마음은
찢긴 물줄기가 다시 합쳐지는 것을 보는 무연함이라네.
거기, 어떤 헐떡임도 재우고 다독이는 힘이 있어
산은 바다는 계곡과 별들은 저기 있네.

크레바스 사이로 빨려들어간 산사람처럼
상처 속의 상처만이 가만히 잦아드네.

찢긴 풍경에겐 상처 입은 마음만한 것이 없어라.
외로운 사람의 말동무 같네 저 상처.

지나친 사람 2

그는 말이 많은 사람이 싫다.
더 정확히는 말을 하고 싶지 않은 것이지만
많이 생각하고 짧게 말하는 것이 미덕이라면
한 단어면 족한 그는 소통의 달인이지.

종종 그가 물을 때 사람들은
그것이 명령인지 의문인지 헷갈리고
근엄한 그가 그나마 말없이 빤히 바라볼 때
사람이 눈으로 할 수 있는 것은 얼마나 많은가.

그는 짧고 간결한 방법으로 말한다.
누구나 필요한 만큼의 말을 할 뿐인데
다른 게 있다면 필요의 크기랄까.
하긴 이미 배고프고 사랑하고 떠나고 싶은 사람에겐
말이 필요가 없다.

하지 않았으면 좋았을 말들 가령
우리 개는 물지 않아요라고 말하는 사람들은
때리면서, 좀 맞는다고 죽지는 않아요라고 말하는 사람
같다.
물론 그건 얼마간 사실이기도 하고
그 얼마간의 사실에는 외로움의 크기도 포함되겠지만

회복이라는 말

병실에서 시간은 느리게 간다.
풍경 발명가들은 하릴없이 창밖에나 눈을 준다.
그가 해시계 발명가로 업종을 바꿀 즈음
창밖 오후의 해가 나무의 그림자를
오른편에서 왼편으로 옮기는 것이 보인다.

회복 병실은 고요하다.
그래서 자꾸 수액 떨어지는 것에 눈을 주게 된다.
똑, 똑, 똑, 지워지는 소리들
잠든 사람의 가슴이 오르내리는 것을 보면
눌린 페트병의 힘겨운 복원력 같은 것을 생각한다.
밟혀 짜부라진 페트병 같은 것을
신이 지그시 밟고 있다는 생각이 든다.

목숨을 건 전투에서 생환한 사람들이 그렇듯
두려움과 고통과 절망적인 외로움이
살아남는 것의 대가로 주어진다.
비명이 빠져나간 자리를 들숨이 황급히 메우듯
얼마간 두려울 수 있음이 더 살 수 있음이기도 하다.

그러므로 회복이라는 말은 아직 아프고 더딘 말
풍경에 마땅한 소리를 매다는 하느님의 노동을 이해하
는 시간

발에 채인 돌멩이가 하느님의 소리에 귀기울이는 시간 　—

　—

물총새 한 마리가 물속을 노려본다.
물고기들의 등에는 물속 바닥의 색이 새겨져 있다
물총새가 고르고 있는 물속의 움직임들.

난데없이 하늘에서 뭔가가 떨어져 자신을 채어갈 때
검독수리에게 채여간 어린양의 기분은 어떨 것인가.
등허리를 붙들린 채 지표면 위로 떠올라 내려다보는
검독수리의 시선과 제 무리의 문양들.

꽉 막힌 사차선 도로에 붙박인 채
바라보는 내비게이션의 버드 뷰.
그러므로 다른 차량의 끼어들기에 대해
사소한 시비 끝에 유치장으로 간 운전자들은
자기도 모르게 잠깐 포식자의 시선을 빌렸던 것이다.

고드름

눈뜨고 죽은 사람이 아직 허공을 붙잡고 있듯
물은 얼어붙으면서 자신의 마지막 의지를 알린다.
떨어지는 것이 제 모든 행위였음을
그의 자세가 입증하고 있다.

캄캄한 어둠이 폼페이의 화산재처럼 내려앉은 밤사이
헐벗은 채 절규에서 기도까지 그대로 얼어붙었다.
뛰어내리던 마지막 도약의 눈물까지 녹아 돌이 되었다.

녹다 말다 얼다 말다
찬바람과 햇볕이 한쪽 뺨씩 번갈아 어르는 담금질에
고드름은 낙수 구멍 같은 무표정들을 겨누고 있다.
용서와 분노가 함께 눅어붙은 얼굴로
떨어지는 속도와 녹는 속도 사이에서
뽀족하게 벼려졌다.

처마끝마다 긴 고드름을 달고 있는 건물은
날개 끝에 핀이 박힌 나비 표본 같기도 하고
포박된 채 건져올려 인양되는 선체 같기도 하다.

죽음이 끝이라고 생각하면 오산이다.

일인칭 극장

마음이 하는 짓
존경하는 것은 우리의 의무였지만
또한 사랑하는 것은 우리의 자유였으므로
어쩐지 위대함으로 압도하는 당신 앞에서
존경하지만 사랑하지 않는 것을
우리의 자존심이라고 해도 될까.

마음은, 왜 그러는가
꼭대기 층에서 멈춘 엘리베이터의 숫자를 응시하면서
그런다고 더 빨리 내려오는 것도 아닌데
우리는 더 힘껏 더 자주 호출 버튼을 누르고
멀리 보면 모두들 제각기 갈 길을 갈 뿐인데
누군가가 자꾸 내 인생으로 끼어든다고 생각하며
어쩌다 내가 가서 한잔하면 그 술집에 손님이 붐빈다거나
심지어는 내가 응원하는 팀과 선수는 내가 안 봐야 이긴
다거나
변덕이 죽 끓듯 한 이 마음 밖으로 나가는 길은 없는가.

마음은 유령거미처럼
종종 여기 없는 사람인 것 같다는 생각이 들곤 한다.
누가 없는 사람 취급했다는 말이 아니다.
아침에 잠 안 깬 눈으로 멍하니 어딜 보다가 발견한 거미
처럼

정작 여기 나밖에 없는 것처럼 행동했다는 생각이 들 때. ─
나밖에 없다는 것이야말로 유령이 아닐까.

위험한 독서

공동묘지 터에 학교를 짓는다는 괴담은 어디서나 떠도는 이야기였지만
깨워서는 안 될 어떤 존재를 의식하듯
그 오래된 도서관에서 사람들은 애써 소리를 내지 않도록 주의하였다.
집중되고 숨죽인 침묵은 기꺼이 작은 소리들의 요람이 되어주었다.
소리의 관점에서 보면 확실히 도서관의 주인은 책들이었다.

오랜 세월 마모되어 거울처럼 반짝이는 대리석 층계를 오르내리다보면
누구라도 지식은 대부분 지하에 있다고 생각하게 되었다.
푸른 수염의 아내처럼 누구든 한 번만 그 지하로 내려갔다 오면
아무리 다사로운 오후의 창가에서 책장을 넘길 때조차도
다음 페이지에서 지하로 이어지는 층계참의 입구를 찾는 것을 뿌리칠 수 없었다.

휴일의 대부분은 죽은 자들에 대한 추억에 바쳐진다.*
책장에 침을 발라 넘기면서 사람들은 투명해지다가 이내 사라져버렸다.
사람들이 서 있던 자리에는 체구만한 침묵만이 남아
펼쳐진 페이지가 반동으로 넘어가는 책을 들고 있었다.

하지만 사라짐에 대한 이 비유는 언제나 불안을 일깨운다.
등산객들이 몇 해 전에 돼지를 산 채로 묻은 자리를
한사코 외면하면서도 코로는 악착같이 부패향을 더듬듯
조금 더 끔찍한 불행을 맛보기 위해 서가를 배회하다가
결국은 완전히 사라져버렸다.

* 기형도, 「흔해빠진 독서」.

少年易老

눈이 왔다.
이럴 때 삶은
갑자기 나타나서는
난데없이 물건을 맡기고 가는 사람처럼 군다.

다짜고짜 내 말 좀 들어보라고 한다.
나중에 알게 되니 일단 들어보라고 한다.
대답할 틈도 주지 않은 채
잠깐만 기다리라고 하고는 사라지는 사촌의 발걸음처럼

눈이 온다.
총총.

피차 바빠 죽겠지만
죽을 만큼 바쁘지는 않아서
안겨주는 물건을 붙들고 서 있는 사람은
그러니까 멍청이 바보 천치지.

태어나자마자 고아원에 버려졌고
맞기 싫어 거리로 뛰쳐나와 살았던 청년이
죽어야 할 이유는 수십 가지인데,
살아야 할 이유를 찾기 어려웠다고
자살을 기도한 이유를 말할 때

우리는 또 빨대를 물고 달리듯
숨이 차서 밥통처럼 얼굴이 익는다.

바보들은 나이를 잘 먹는다.
그래서 빨리 늙는다.

기다리란다고 기다리고서는
도시 연락이 없는 이유를 깨달을 때쯤엔
바보인데, 바보라서 화난 바보가 된다.

내일 죽는다고 생각하면
오늘 못할 일이 무엇이랴만
오늘이 마지막날이라는 식으로 덤비다간
매번 마지막을 살게 된다.

눈이 온다.

청년은 살아남아 노래하는 사람이 되고
청년의 노래는 종소리처럼 울리고

첫눈이 진짜 처음 온 눈이 아니듯
죽을 것 같았지만 진짜 죽지는 않는

우리들의 이야기는 매번 거기에서 멈춘다.

눈이 온다.
한 일만 년은 올 기세로 온다.
눈을 맞을 때만 소년은 나타나
무언가를 떠맡기고는 종종거리며 사라진다.

텅 빈 악수

온기를 나르지 않는 악수를 나누며
나는 깨달았다.
우리가 물과 기름처럼 섞이지 않는다는 것을

솔잎의 여러 갈퀴를 두고
햇빛은 철철 흘러내리지만
죽어서 가는 길엔
아홉 겹의 물길이 있다는 것을
나는 물에게서 배웠다.

배워도 갈 수 없는 곳이 있다는 것은
그 얼마나 뼈아픈 후회인가.

그러니 너무 성급하게 굴지 말자.
전날 너무 뜨겁게 엉긴 사람들이
다음날 되레 서먹한 법이다.

흙탕물 위에 둥둥 떠서
무지갯빛을 되쏘는 기름방울들의 목소리를 들었다.

생일 소원
—생일을 맞은 이태민으로부터

모든 생일은 엄마가 가장 아프고 가장 기뻤던 날이에요.
생일에 미역국을 먹는 건
그날 아픈 엄마가 후루룩 넘겼던 미역국을 먹는 거지요.

저는 요리사가 되는 게 꿈입니다.
저는 엄마가 너무 좋아서 엄마가 되고 싶었어요.
저는 남자니까 아이를 낳을 수는 없지만
누군가가 먹고 행복해지고 특별해지는 음식을 만들고 싶어요.
스위치를 올리면 환하게 불이 켜지듯,
제가 만든 달콤한 케이크를 먹고 엄마의 입꼬리가 올라가는 생각을 해봅니다.

소원을 빌 때,
하나만 빌어야 하니까 건강을 비는 것처럼
사랑하는 사람들은 함께하고 싶은 게 너무 많지만
그걸 다 하루아침에 할 수가 없어서 가족이 되는 거지요.
서로 좋아서 마주보고 같은 음식을 먹고
같은 표정을 짓다보면 닮아지는 거예요.
사랑하는 사람들이 서로 닮는 거 알죠?
사람을 닮게 하는 요리를 하고 싶어요.

우리는 만나면 안녕? 하고 묻고

헤어질 땐 안녕, 하고 말해요.   —
질문이고 대답이고 부탁인 말이 안녕이에요.
엄마가 제 소원을 묻는다면 저는 부탁하고 싶어요.
안녕해주세요. 안녕이라고 말하고
우리는 안녕이 되고 싶어요.

오늘은 저의 열아홉 번째 생일입니다.
맨날 그날이 그날인 날에는 특별한 것이 먹고 싶었는데
오늘은 특별한 날이니까 평범한 미역국이 먹고 싶어요.
제 생일에 미역국을 먹고 같이 생일이 되어주세요.
가족이 되어주세요.

다정다감

조현병이나 류머티즘처럼
일생을 두고 앓는 병에 대해 생각한다.
처음엔 살이 터질 듯 조이는 구속복 같다가
마침내 제 살갗처럼 익숙해진 병.

일생 병과 함께 사는 삶이라면
한 절반은 아프고 절반은 또 견딜 만한 생일 텐데

아플 때는 잠 속에서도 아프고 꿈속에서도 아파서
어젯밤 꿈에 나한테 왜 그랬냐고 따지는 사람처럼
도대체 왜 이렇게 아픈 거냐고 따져 묻고 싶지만

아픔의 한가운데는 까무룩,
태풍의 눈처럼 섬뜩한 고요가 있다.
풍경소리가 빠져죽은 연못의 적요.
금방 숨비소리처럼 다시 헐떡임이 떠오를 것만 같다.

내내 아프다가 이따금 통증을 잊는 삶은
견딜 만하다가 잊을 만하면 다시 아픈 삶일 텐데
아픔을 잠시 잊은,
언제고 불쑥 찾아올 아픔을 기다리는
나는 이따금 시가 이런 통증이 아닐까 생각해본다.

중요한 일

떡갈나무 가지 끝에서 잎 나오는 걸 본다.
얼마나 힘센 속도로 봄은 오는가.
저 작은 눈 속에 저렇게 큰 잎이 다 접혀 있었던 걸 보면
봄은, 터질 수밖에 없을 때 터진 거다.
매번 하는 일인데, 한 치의 어긋남이 없다.
위대한 자들이 쓰는 시간처럼 낭비가 없다.
협량한 자들은 곁에서 가만히 숨죽일 수밖에 없다.
화약고를 지키는 촛불의 마음으로.
하지만, 다 짠 치약처럼 온 힘을 다 써봤다면
제발 그걸 저절로, 라고는 생각하지 말자.

외로움으로 무엇을 할 것인가

오연경(문학평론가)

실패라는 삶의 형식

문명 속의 불만이 인간의 근본 조건이고 시대와의 불화가
존재의 운명이라고 하지만, 문제는 보편적 존재론이 아니
라 개별 존재자로서 겪어내야 하는 당대, 지금-여기의 삶이
다. 우리는 직면해 있는 현실, 들끓고 있는 각자의 사정 속
에서 감당할 수 없이 아프다. 저 아픔의 내밀한 성분을 분
석하여 인간의 양면성과 삶의 아이러니에 대한 성실한 귀납
론을 구성해온 이현승은 이번 시집에서도 "철두철미한 현
실주의자"(「은유로서의 질병」)의 눈으로 당대의 징후와 증
상들을 목격하고 있다. "당대는 문제인 한에서만 당대인 것
이"고 "병과 죽음이 지금의 증언자"(「얼음잠을 자고」)라는
시인의 말대로 그의 목격담에는 불운, 불안, 포기, 후회, 추
문, 가난, 파산, 암 선고, 질병, 우울, 피곤, 환멸, 죽음 등
고통의 목록이 빼곡하다. 더욱 가혹해진 삶의 조건과 한도
를 초과한 통증에 대한 시인의 예민한 촉진은 이 시대가 우
리에게 부여한 삶의 형식을 '실패' 또는 '패배'로 진단한다.
우리 시대 삶의 형식은 실패했는데 반복해서 또 실패하는
것, 싸워보지도 못하고 이미 패배하는 것, "파산을 통과하는
중에/ 또다른 파산을 예감하는 것"(「질문 있는 사람」)이다.
지금-여기의 삶은 "실패를 감았다 풀듯/ 실패를 몇 번이고
되풀이할 수밖에 없는/ 링반데룽"(「죄인」), 그러니까 온갖
난관을 헤치며 앞으로 나아가는 것 같지만 실은 실패를 거

116

듭하며 제자리에서 맴돌고 있는 삶이다. "열차를 놓치기 위해 전력질주한"(「사물의 깊이를 어떻게 만들어낼 것인가」) 사람처럼, "최선을 다해 제자리로 오는 사람"(「자서전엔 있지만 일상엔 없는 인생」)처럼 우리는 실패라는 정해진 결론을 향해 전력과 최선을 다한다. 실패는 예외적이고 극복 가능한 것으로 간주됨으로써 끊임없이 반복되며, 되풀이되는 실패는 극복 불가능한 항상적 삶의 형식이 된다.

갈수록 공고해지는 생존과 경쟁의 논리, 불평등과 격차를 개인의 문제로 환원하는 능력주의, 온갖 버전으로 유통되는 성공 신화는 기회를 주면서 추방하는, 포획하면서 배제하는, 법 안에서 박탈하는 우리 시대 생명정치의 메커니즘이라 할 수 있다. "성공이 약속한 대로 찾아오지는 않아도/ 파산에는 일정한 절차가 있다는 것을 알고 있"는 "불운의 달인들"(「불운의 달인」)이야말로 호모 사케르의 당대적 형상인 것이다. "우선 존재는 하고 싶어요./ 빚 없는 거지 같은 거 말고요./ 빚이라도 좋으니 있어야 할 이유가 있는 거요"(「플랜 B」)라고 말할 때 세속적 성공은커녕 실존 그 자체로부터 배제된, 그러니까 존재하는 것 자체가 차선책이자 협상안인 벌거벗은 생명의 처지가 또렷하게 드러난다. 우리는 우리 자신의 존재를 '플랜 B'로 미뤄두고 지금—여기에서 무엇을 하고 있는 것인가.

꿈에 신발을 잃어버렸다.

—　익숙한 식당에 우르르 가서 먹은 점심이었는데,

꿈이란 이상도 하지. 익숙한 식당인데 이름은 기억나지 않고

우르르 가서 먹었는데, 정확하게 옆에 있는 사람이 누군지 모르고

내 신발만 없었다. 두세 번 신발장을 뒤져도 나오지 않자

곧바로 꿈이라는 생각이 들었다. 이건 너무 식상한 꿈이잖아.

그래도 우르르 몰려나가는 사람들의 뒤꽁무니만 보다가

남겨지는 기분은 별로여서 진짜 신발을 잃어버린 것처럼 언짢았다.

도대체 어떤 원만한 분이 남의 신발을 신고 간 것일까.

도대체 어떤 사람의 말 못할 이유가 내 발을 묶어놓은 것일까.

훔쳐간 것이 아니라면 결국 한 켤레의 구두는 남겨질 테지.

식당 주인이 내민 욕실용 슬리퍼를 신고 서서

나는 언제까지 이렇게 꿈속에 붙들려 있어야만 하는 걸까.

기왕 이렇게 된 거 찾아서 나가야 하는 것은 아닐까.

—

벌써부터 꿈 밖에선 언제까지 잠을 잘 거냐고 야단인데
남겨진 구두 주인들의 식사는 끝없이 이어지고

앉아서 기다리시라는 주인의 말을 한사코 밀쳐두고서
나는 왜 이렇게 붙들려 신발장을 지키고 있는지
나는 왜 신발 지키는 사람의 자세로 누워 있는지
나는 언제부터 머리는 꿈에 두고 발은 이렇게 한데 두
고 있는지

─「슬리퍼」전문

　식당에 올 때 누구도 맨발로 걸어오지는 않았을 테고 누
구도 두세 켤레를 한 번에 신고 오지는 않았을 테니 신발장
에 벗어놓은 신발은 식당 안의 사람 수와 정확히 짝이 맞을
것이다. 우리는 모두에게 동등하게 주어진 1인 1켤레라는
몫의 정치를 믿고 있다. 그러므로 내 신발만 없어졌다면 다
른 한 켤레의 신발이 내 몫으로 남아 있을 거라고 생각한다.
그런데 남겨질 저 한 켤레의 구두는 어떤 것이 주어질지 알
지 못한 채 주어질 것이라는 가능성으로만 존재하는, 임의
의 내 몫으로 간주되지만 몫의 배당이 끝없이 지연되는, 그
리하여 앉아서 기다리지도 집으로 돌아가지도 못한 채 안도
바깥도, 꿈도 현실도 아닌 경계에서 서성이게 하는 무엇이
다. 임시로 주어진 "욕실용 슬리퍼"를 신고 꿈속에 붙들린
채 꿈 밖의 독촉에 시달리는 저 안절부절의 상태, "머리는

꿈에 두고 발은 이렇게 한데 두고" "신발 지키는 사람의 자세로 누워" 깨어나지도 못하는 저 외롭고 피곤한 상태는 언제가 최선의 내 몫을 찾을 수 있을 것이라 믿으며 견디는 임시방편의 인생, 몫 없는 자들의 삶의 형식인 것이다.

목마른 질문과 세속의 신화들

이미 잃어버렸는데 아직 네 몫이 남아 있다는 게 희망 고문이라면, 가진 것도 없는데 더 나빠질 수 있다는 건 협박이고, 다른 사람들은 멀쩡히 잘사는데 너만 왜 그러냐는 건 다 네 탓이라는 책망이다. 있는 힘껏 살아남았을 뿐인데 희망 고문에 협박에 책망까지 더해지면 "사는 게 도대체 왜 이러냐고 묻고 싶" (「바닥이라는 말」)어진다. 이현승은 우리의 얼굴에 새겨진 고통의 표정을 더듬어 목마른 질문을 읽어낸다. "확신이 필요한 사람" (「호밀밭의 파수꾼」), "울고 싶은 사람" (「돌멩이, 질문으로서의 은유」), "할 수 있는 것이 기도밖에 없는 사람" (「셋 중 하나」), "사는 일이 사는 것도 죽는 것도 되지 못하는 사람" (「4월」), "있는 힘껏 자신을 증오해본 사람" (「자서전엔 있지만 일상엔 없는 인생」), "벼랑 말고는 다음이 없어 참기 힘든 사람" (「불운의 달인」)들의 얼굴에는 어리둥절하고 간절한, 억울하고 우울한, 춥고 외로운 질문이 떠올라 있다.

"패배의 기원은/ 가늠할 수 없음에 있는가/ 아니면 거스
를 수 없음에 있는가"(「자서전엔 있지만 일상엔 없는 인
생」)라고 물을 때 알 수도 없고 저항할 수도 없는 무력함이,
"아무리 밀어내도 고여오는 불안과 우울을/ 어떤 것도 다
가능해지는 환멸을/ 어떻게 극복할 것인가?"(「얼음잠을 자
고」)라고 물을 때 공회전하는 안간힘이, "결국 이게 다인가
요?"(「질문 있는 사람」)라고 물을 때 불행을 견뎌야 하는
삶에 대한 원망이 밀려온다. 그런데 이토록 갈급하고 버거
운 질문에 대한 답은 어디서 구할 것인가.

　　정작 필요한 것을 알려주는 사람은 없는데
　　세상에는 지혜를 팔지 못해 안달하는 사람들뿐이고
　　가령, 오만과 독선은 그중에서도 가장 손쉬운 지혜일
텐데
　　한 번 쓰고 버리기엔 너무 비싼 일회용품처럼
　　값비싼 편의는 차라리 불편하다.

　　우리는 목마른 질문을 가지고 있고
　　해답을 가르쳐줄 누군가가 필요하지만
　　그건 가르치려 드는 사람을 좋아한다는 뜻은 아니고
　　불편한 얼굴은 검붉은 얼굴인데
　　갈색을 붉은 검정이라고 하든 검은 빨강이라고 하든
　　여전히 그건 당신의 자유이지만

　실패의 형식에 욱여넣어진 삶 속에서 우리는 "목마른 질문"을 가지고 있다. 그러나 "필요한 것을 알려주는 사람", "해답을 가르쳐 줄 누군가"는 없고 "지혜를 팔지 못해 안달하는 사람", "가르치려 드는 사람"만 수두룩하다. 이 세상에는 충고, 비법, 교훈, 처세술 같은 "손쉬운 지혜"가 넘쳐난다. "비싼 일회용품처럼" 입에서 입으로 유통되며 인생의 편의를 전수하는 말들. 가령 "인생에는 공짜가 없다", "실패가 없으면 배우는 것도 없다"(「플랜 B」), "지는 데는 우연한 패배가 없다"(「사물의 깊이를 어떻게 만들어낼 것인가」), "불행을 배경으로 삶을 보면/ 어떤 일도 견딜 만해진다"(「질문 있는 사람」), "가난한 사람들이 황금을 돌 보듯 한다"(「부자는 천국에 들어가기 어려워」), "견딜 수 없다면 즐기라"(「귀신도 살고 사람도 살고」) 등. 이 진부하고 속된 클리셰는 우리 시대의 통념을 담고 있는, 말과 문장에 실려 재생산되는 세속의 신화들이다. 그것들은 뻔함으로 불확실성을 감추고, 조급함으로 불안을 키우고, 욕망으로 부조리를 덮고, 몰염치함으로 상처 입힌다.

　목마른 질문에 대한 저 사이비 대답들 앞에서 우리는 "불편한 얼굴"이 된다. 불편한 얼굴색을 "붉은 검정이라고 하든 검은 빨강이라고 하든" 불편함은 우리 시대의 보편 정서가 되어가고 있다. "가만히 있어도 쫓기는 기분"(「거기

서 거기인 토마토」), "시큰한 불안의 냄새"(「호밀밭의 파
수꾼」)가 우리의 일상 감정이다. 이현승은 세속의 신화들
에 내포된 클리셰를 비틀어 저 불편한 감정의 근원을 들여
다본다.

　마지막일 수도 있다는 걸 알지만 우리는 또 몰랐지.
　따뜻한 말 한 마디, 악수라도 건넬걸,도 아니고
　집을 안 산 것, 아니 못 산 것
　그런 게 정말 후회가 될 수 있을까?
　그땐 그래도 집이, 끌어모을 영혼처럼 손에 잡힐 것 같
았는데
　지금은 집도 없고, 영혼은 도대체가 보이지 않을 만큼
　뿌연 미세먼지와 스모그 사이로
　좋아했던 사람들은 하나둘 떠나고
　어느 날 툭 통증이 하늘에서 떨어졌다.
　죽을 만큼 아픈 건 아니지만
　내내 신경이 쓰이고 거슬리고 괴로운,
　약도 없고 원인도 모르는 해괴한 병 아닌 병들.
　통증으로만 존재하는 병들은 일종의 경고 같다.
　꼼짝없이 서서 뒤돌아보게 만드는 경고.
　　　　　　　　　　　　　　　　　─「자각 증상」 부분

'영혼까지 끌어모아 집을 사야 한다'는 게 최근 가장 널리

회자되는 세속의 신화다. 이는 영혼까지 끌어모아도 집을 사기 어려운 현실, 그럼에도 무슨 수를 써서라도 집을 사야 한다고 부추기는 모순된 현실을 보여준다. '영혼까지 끌어모은다'는 진부한 표현은 불가능한 것을 마치 선택의 문제인 것처럼 보이게 만든다. 신화 자체의 진실성은 의심의 대상이 되지 않고 모든 것은 선택에 실패한 개인들의 후회의 문제로 남는다. 그러나 "집을 안 산 것, 아니 못 산 것/ 그런 게 정말 후회가 될 수 있을까?"라고 물을 때 "할 수 있었는데 하지 않은 것", 정말 뼈아프게 후회되는 것이 따로 있다는 것을 알게 된다. "따뜻한 말 한 마디, 악수라도 건넬걸", "그때 손이라도 잡아줄걸"이라는 후회야말로 "지금은 없는 사람을 두고/ 제 손이나 주무르고 앉아 있"는 뼈아픈 후회이다. 진짜 후회를 잊고 가짜 후회에 골몰하게 하는 세속의 신화가 우리를 불편하게 한다. 이 불편함은 "죽을 만큼 아픈 건 아니지만/ 내내 신경이 쓰이고 거슬리고 괴로운" 통증, 현실 논리에 휩쓸려 앞만 보고 쫓아갈 때 "꼼짝없이 서서 뒤돌아보게 만드는 경고" 같은 것이다.

그래서 우리의 질문은 기도의 형식이 된다. "충고라면 사양하고 싶"(「플랜 B」)고 "하늘은 묵묵부답"(「질문 있는 사람」)이지만 기도는 갈수록 절박해진다. "사람이란/ 후회의 편에서 만들어지고/ 기도의 편에서 완성된다고 할까."(「바닥이라는 말」) 후회나 기도나 우리가 할 수 없었던 일 또는 할 수 없는 일에 대한 것이지만 돌이킬 수 없는 일을 아파하고 풀리지 않는 일을 간구하면서 우리는 무언가를 할 수 있는 사람이 된다. "신은 대답하지 않는 한에서 신"(「질문 있는 사람」)이고 인간은 끊임없이 질문하고 스스로 답을 구하는 한에서 인간이다. 이현승은 우리의 목마른 질문이 시대의 통념에서 불안의 냄새를, 자신의 행운에서 누군가의 불행을, 실패라는 삶의 형식에서 근원적인 고독을 감각하게 해주는 구원책이라고 믿는 것 같다. "불행을 믿고,/ 불안에 의지하며,/ 행운을 간구할 수밖에 없는/ 쓸쓸한 신앙인"(「셋중 하나」)인 우리는 질문함으로써 간신히 인간으로 존재할수 있다고.

일인칭 극장의 유령들

그러나 문제는 외로움이다. "목숨을 건 전투에서 생환한 사람들이 그렇듯/ 두려움과 고통과 절망적인 외로움이/ 살아남는 것의 대가로 주어진다."(「회복이라는 말」) 외로움은 생존의 대가이자 살아남은 자가 감당해야 할 필연적 감정이다. 살아남는다는 것은 살아야 하니까 무슨 일이든 할수 있다는 것, 그렇게 해서 "풍문과 추문을 지나/ 포기와 기도를 지나"(「바닥이라는 말」) 여기까지 왔다는 것을 의미한다. 살아남기 위해 아수라장 진흙탕을 통과하는 동안 마음은 불만, 분노, 울화, 짜증, 시기, 질투, 증오를 오가며 변덕이 죽 끓듯 한다. 실패에 익숙해지는 만큼 "성공에 대한 우리의 감식안은 완고"(「스포일러」)해져서 평판의 시장에서 까다로운 논평가가 되고, 타인의 성공은 쉽게 인정하지 않으며, 남이 잘되는 꼴은 보기 싫다는 심정으로 추문의 영역에서 활약한다. 힘들게 살아남은 자들은 어째서 남의 머리채를 잡으려 하는가.

마음은 유령거미처럼
종종 여기 없는 사람인 것 같다는 생각이 들곤 한다.
누가 없는 사람 취급했다는 말이 아니다.
아침에 잠 안 깬 눈으로 멍하다 어딜 보다가 발견한 거미처럼
정작 여기 나밖에 없는 것처럼 행동했다는 생각이 들 때.
나밖에 없다는 것이야말로 유령이 아닐까.
　　　　　　　　　　　　　　　　　　—「일인칭 극장」 부분

일인칭 극장은 나에게 보이고 나에게 들리는 것으로만 이루어진 세상, 아무도 모르는 내면의 진실만 끓어오르는 세상, 그래서 나 말고 다른 것은 안 보이는 세상이다. "멀리 보면 모두들 제각기 갈 길을 갈 뿐인데/ 누군가가 자꾸 내 인생으로 끼어든다고", "어쩌다 내가 가서 한잔하면 그 술집에 손님이 붐빈다"(「일인칭 극장」)고 생각한다면 지금 당

신은 '여기'가 아니라 '일인칭 극장'에 있는 것이다. 여기에 나밖에 없는 것처럼 행동할 때 정작 여기에 없는 것은 나 자신이다. 살아남은 자들은 이기심 때문이 아니라 각자의 고유한 외로움 때문에 마음 밖으로 나오지 못한다. 나 말고 다른 사람은 없는 내면의 바닥에서 "여기 없는 사람"인 것처럼 산다. 나의 외로움은 절대적 인칭이고 타자의 외로움은 불가능한 인칭이라서 우리는 서로에게 보이지 않는 유령이 된다.

그러나 누구나 유령이 되는 새벽 다섯시, "산책로의 가로등들이 동시에 꺼지는 것을"(「가로등 끄는 사람」) 보게 된다면 그 순간은 유령과 유령이 서로를 알아보는 시간이다. 가로등이 꺼진 뒤 새벽길을 걸어가는 암 환자가 보일 때, 구석으로 숨어든 고양이의 울음소리가 들릴 때 우리는 단독자들이 유령으로 존재하는 순간을, 근원적 외로움의 개별성을 목격하고 있는 것이다. "저기 어디 가로등을 끄는 사람", "고요히 다섯시의 눈을 감기는 사람"(「가로등 끄는 사람」), 강렬하게 엄습해 오는 타자의 외로움이 나를 '여기 있는 사람'으로 만든다. 그래서 보인다는 게 중요하다.

　지난 백 년 동안
　제국주의에 맞서고 민주주의를 위해서 싸웠지만
　싸우며 가난과 무지를 건너왔지만
　마침내 맛집 앞에 줄 선 사람들처럼

우리를 무너뜨린 것은 외로움이었다.
외로워서 먹고 화가 나서 더 먹어치웠지만
먹어서 배가 부르고 살 만해지면
주려 욕이 비어져나오는 맞은편 사람도 보인다.

보인다는 게 이렇게 안심이 된다.
무너진 사람은 아무것도 안 보이니까.
거리에서 고래고래 소리를 질러댄 그 사람도
뭘 봐? 화난 사람 첨 봐? 한 번 더 소리쳤지만
화난 사람이 화내면서 더 화나듯이
우리는 부끄러워서 울고 울면서 부끄럽다.
아무리 그래도 뭘 먹으면서도 화내는 사람을 보면
아직 겨울 외투를 입고 있는 봄처럼
마음이 춥고 외롭다.
　　　　　―「외로운 사람은 외롭게 하는 사람이다」 부분

억압에 저항하고 혁명에 투신하며 가난과 무지까지 극복
했지만 끝내 "우리를 무너뜨린 것은 외로움"이다. 백 년의
역사와 집단적 열정이 어떤 풍요와 교훈을 남겼다 할지라도
당장 우리를 고통스럽게 하는 것은 지금의 허기와 외로움이
다. 맛집 앞에 줄을 서다 자주 시비가 붙는 것도, 배가 고파
욕이 튀어나오는 것도, 자꾸 더 먹어치우게 되는 것도, 뭘
먹으면서 화가 나는 것도 외로움 때문이다. 이현승에게 외

로움은 살아남기 위해 갖은 애를 쓰는 고달픔, 어떻게든 살겠다는 욕망과 이렇게 살 수는 없다는 부끄러움이 한데 엉긴 허기 같은 것이다. 저 허기 때문에 맛집 앞에 줄을 서고, 외로워서 먹게 되고, 먹어서 배가 부르면 안 보이던 것도 보이게 된다. 나의 주림이 해결되면 "주려 욕이 비어져나오는 맞은편 사람"도 보인다. 거리로 나와 소리를 지르고 눈에서 화염을 뿜는 자의 외로움이 보인다. "무너진 사람은 아무것도 안 보"여서 화를 내고 소리치지만, 보는 사람은 무너진 사람의 외로움이 보여서 마음이 추워진다. 보인다는 게 우리를 부끄럽게 하고 울 수 있게 한다.

그래서 "외로운 사람은 외롭게 하는 사람이다". 어떤 말은 외로워서 내뱉는 것인데 듣는 사람을 외롭게 하고 어떤 행동은 외로워서 튀어나오는 것인데 보는 사람을 춥게 한다. 「꽃 시절」은 외로움에 관한 저 시적 명제가 평범한 일상으로 드러나는 장면들을 보여준다. 진수성찬 앞에서 "물이 제일 맛있다"고 해서 입맛 없는 고독을 들키는 아버지, "늙은 얼굴이 궂어 사진 찍기 싫다"는 말로 인생의 조연으로 물러난 외로움을 들키는 어머니, "아무 연고도 없는 행인을 보며 자꾸/ 지금이 좋은 때라고" 말해서 그리움을 들키는 사람. 우리는 타자의 외로움을 목격할 때 침범할 수 없는 그의 단독성 밖으로 추방되면서 외로워진다. 이때의 외로움은 타자의 외로움과 연결된 관계적인 것이다. 이현승은 자기 매몰적 감정인 외로움에 타자를 움직이는 강력한 사동형 기능

— 이 있다는 것을 보여준다.

거기서 거기일 수 없는 외로움

그렇다면 외로움으로 무엇을 할 것인가. 이번 시집의
'Bird View' 연작은 새의 관점이라는 불가능한 시선을 통해
외로움의 조망 효과를 시험한다. 저마다 일인칭인 우리는
대상을 향해 뻗어나가는 시선의 주체이다. 보는 주체로서
나는 눈앞의 세계를 자율적으로 구성하고 있다고 믿지만,
사실은 이미 보이도록 주어진 것들의 세계에서 사후적으로
보는 주체로 구성된다. 그러니까 시각장을 지배하는 중심점
으로서의 보는 주체는 일종의 환상이며, 주체는 이미 주어
진 시각장 안에서 모든 방향으로부터 보여지는 대상일 뿐이
다. 그런데 나 자신을 여타의 사물과 같이 보여지는 것으로
대상화하는 응시는 실제로 경험할 수 있는 것이 아니라 단
지 상상할 수 있는 것이다.

뒤에서 누가 노려보고 있다고 느낄 때
상상되는 뒤통수 혹은
돌아보면 마주치는 사물들의 뚱한 얼굴.

공기조차 표정을 갖고 있다.

끔찍한 사건의 목격자들이 앓는 실어증처럼
분명한 목격과 아무것도 말할 수 없음 사이에서
공기들이 갖는 최대의 밀도
그리고 목 졸린 표정.

—「Bird View」 부분

"뒤에서 누가 노려보고 있다고 느낄 때/ 상상되는 뒤통수"
는 주체의 시선이 닿지 못하는 곳, 즉 등뒤의 세계, 타자들
의 세계에서 목격되는 것이다. 그 세계는 내가 보는 주체로
성립하기 위해 삭제될 수밖에 없었던 근원적 결핍의 영역이
다. 그런데 "뒤에서 누가 노려보고 있다"는 느낌은 저 근원
적 결핍을 상기하면서 타자에 의한 응시, 대상화된 나라는
불가능한 시선을 상상하게 한다. 돌아보면 사라지는, 결코
마주칠 수 없는 이 응시는 "공기들이 갖는 최대의 밀도" 속
에 암시되어 있을 뿐이다. 그러니까 "자꾸 누가 노려보고 있
다는 느낌"은 내 경험이나 정념을 결코 타자화할 수 없는 데
서 오는 일종의 죄책감 같은 것이다. 생존을 위해 포식자의
시선을 등에 새기고 있는 물고기처럼(「Bird View 2」) 일인
칭일 수밖에 없는 우리는 내 삶에 대한 타자의 시선을 뒤통
수가 간지럽다는 죄책감으로 내면화하고 있는 것인지도 모
른다. 이것이 시선의 윤리라면 죄책감이 더욱 완연해지는 것
은 보는 자의 시선을 취할 때이다.

131

이삿집 세간이 사다리차에 실려 내려가는 걸 본다.
들것에 실려가는 응급환자의 흔들리는 팔처럼
누운 자세엔 어떤 불구적인 이미지가 있다.

가구와 가전이 속절없이 흔들리며 내려간다.
누워 있는 것들을 보는 마음은 불편하고

내려다볼 때 더욱 완연하다.

팔과 머리가 차도를 침범한 채
누워 있는 취객을 보고 지나던 사람들이 질겁한다.
마취가 덜 깨어 나를 못 알아보던 어머니를
내려다보면서 갖게 되는 죄책감

나무를 쓰러뜨린 것은 나였지.
내가 생가지를 꺾었다.

비워진 집을 두고 떠나오면서
창밖 무언가를 골똘히 바라보는 아이의 뒷모습에도
나는 자꾸 마음이 다치고 졸여진다.
새들의 눈엔 표정이 없다.
빈 둥지 같다.

                              ─「Bird View 3」 전문

이 시는 여러 장면들의 중첩을 통해 하나의 이미지를 구축해내고 있다. 사다리차에 실려 내려가는 이삿집 세간, 들것에 실려 가는 응급환자, 위태롭게 길가에 누워 있는 취객, 마취가 덜 깨어 정신이 돌아오지 않은 어머니는 자기 자신을 무방비로 내어놓은 "누운 자세"다. 누운 자세에 들어 있는 "어떤 불구적인 이미지"는 운신의 어려움보다도 타자의 시선에 노출된 취약한 위치에서 기인한다. 저 누워 있는 존재들과 그것을 일방적으로 내려다보는 나 사이에는 시선의 불균형이 존재한다. 시선을 마주 보내지 못하는 상대편을 일방적으로 내려다보는 불편함은 타자를 대상화, 사물화하고 있다는 죄책감 때문이다. 대상화에 저항하지 못하는 취약한 존재들을 내려다볼 때, "창밖 무언가를 골똘히 바라보는 아이의 뒷모습"을 보게 될 때, 우리는 누군가의 결핍의 영역을 목격하는 타자로서 상처 입는다. 보여지는 것뿐 아니라 본다는 것도 마음을 다치는 일이다.

타자의 외로움을 조망하는 것은 무방비 상태를 노리는 포식자의 시선으로 뒤를 비워둘 수밖에 없는 희생자의 내면을 상상하는 일이다. 그러니까 '버드 뷰'는 주체와 타자, 포식자와 희생자, 바라봄과 보여짐 사이 시선의 이동과 교환을 통해 외로움의 개별성과 공동체성을 조망하게 해주는 시적 장치 같은 것이다. 우리는 자신의 뒤를 마주하지 못하지만 타자의 뒤를 목격할 수 있고, 타자의 뒤에 서 있을 수 있어서 자신의 뒤를 상상할 수 있다. 우리가 끝없이 내면의 갱도를 파고들어갈 때 "너무 멀리 가지 마"(「마이닝 크래프트」)라는 표정으로 바라보는 이는 자신의 다친 마음으로 우리의 상처를 위로하고 있는 것이다. 우리는 각자 깊이 외로워서 상대방을 외롭게 하고, 그렇게 서로의 다친 마음의 원인 제공자라서 위로의 의무가 있다.

외로움은 거기서 거기일 수가 없다. "환자분 얼마나 아프세요?/ 일부터 십 중에 몇인지 말해보세요"(「문득 뿔은 초식동물의 것이라는 생각」)라고 물어본다면 우리에게는 표현할 숫자가 궁색하겠지만 그 질문이 저마다 절박한 외로움의 크기를 가늠하게 한다. 외로움을 오십보백보로 일반화하지 않으려는 것이 이현승의 시적 윤리이다. 오십 보와 백 보의 차이가 "보이는 사람에겐 있고/ 보이지 않는 사람에겐 없는"(「거기서 거기인 토마토」) 거라면 서로의 외로움에 지분이 있는 우리는 보이는 사람 쪽에 서야 할 것이다. "신맛 단맛 짠맛 말고/ 몸에 좋은 맛도 있다는 것"(「거기서 거기인 토마토」)을 알게 될 때 외로움에 대한 우리의 감식안은 밝아진다. 이현승은 살기 위해 무슨 일이든 해야 한다고 날이 선 세상에서 온 힘을 다해 버티고 견디는 외로움들을 밝은 눈으로 바라본다. 우리는 살아남아서 외롭지만 인간으로 살기 위해 최소한 외로움이 필요하다. 나의 외로움이 붉게 익을 때까지 등뒤의 당신, 아직 거기 서 계시기를.

이현승 1973년 전남 광양에서 태어났다. 2002년『문예중
앙』을 통해 등단했다. 시집으로『아이스크림과 늑대』『친애
하는 사물들』『생활이라는 생각』이 있다.

― 문학동네시인선 160
대답이고 부탁인 말
ⓒ 이현승 2021

― 1판 1쇄 2021년 9월 10일
1판 3쇄 2023년 11월 3일

지은이 | 이현승
책임편집 | 강윤정
편집 | 김수아
디자인 | 수류산방(樹流山房) 본문 디자인 | 유현아
저작권 | 박지영 형소진 최은진 서연주 오서영
마케팅 | 정민호 서지화 한민아 이민경 안남영 왕지경 황승현 김혜원 김하연
        김예진
브랜딩 | 함유지 함근아 고보미 박민재 김희숙 박다솔 조다현 정승민 배진성
제작 | 강신은 김동욱 이순호 제작처 | 영신사

펴낸곳 | (주)문학동네
펴낸이 | 김소영
출판등록 | 1993년 10월 22일 제2003-000045호
주소 | 10881 경기도 파주시 회동길 210
전자우편 | editor@munhak.com
대표전화 | 031) 955-8888 팩스 | 031) 955-8855
문의전화 | 031) 955-3576(마케팅), 031) 955-2678(편집)
문학동네카페 | http://cafe.naver.com/mhdn
인스타그램 | @munhakdongne 트위터 | @munhakdongne
북클럽문학동네 | http://bookclubmunhak.com

ISBN 978-89-546-8216-9 03810

www.munhak.com

― **문학동네**